共和国故事

加快步伐

——中国进一步开放十四个沿海港口城市

袁凤东 编写

吉林出版集团股份有限公司

图书在版编目（CIP）数据

加快步伐：中国进一步开放十四个沿海港口城市/袁凤东编. ——长春：吉林出版集团股份有限公司，2009.12

（共和国故事）

ISBN 978-7-5463-1790-8

Ⅰ．①加… Ⅱ．①袁… Ⅲ．①纪实文学－中国－当代 Ⅳ．①I25

中国版本图书馆 CIP 数据核字（2009）第 236760 号

加快步伐——中国进一步开放十四个沿海港口城市
JIAKUAI BUFA　ZHONGGUO JINYIBU KAIFANG SHISI GE YANHAI GANGKOU CHENGSHI

编写　袁凤东

责任编辑　祖航　林丽

出版发行　吉林出版集团股份有限公司

印刷　三河市嵩川印刷有限公司

版次　2010 年 1 月第 1 版　　2022 年 1 月第 9 次印刷

开本　710mm×1000mm　1/16　　印张　8　字数　69 千

书号　ISBN 978-7-5463-1790-8　　定价　29.80 元

社址　吉林省长春市福祉大路 5788 号

电话　0431－81629968

电子邮箱　tuzi8818@126.com

版权所有　翻印必究

如有印装质量问题，请寄本社退换

前　言

自1949年10月1日中华人民共和国成立至今,新中国已走过了60年的风雨历程。历史是一面镜子,我们可以从多视角、多侧面对其进行解读。然而有一点是可以肯定的,那就是,半个多世纪以来,在中国共产党的领导下,中国的政治、经济、军事、外交、文化、教育、科技、社会、民生等领域,都发生了深刻的变化,中国人民站起来了,中华民族已屹立于世界民族之林。

60年是短暂的,但这60年带给中国的却是极不平凡的。60年的神州大地经历了沧桑巨变。从开国大典到60年国庆盛典,从经济战线上的三大战役到经济总量居世界第三位,从对农业、手工业、资本主义工商业的三大改造到社会主义市场经济体制的基本确立,从宜将剩勇追穷寇到建立了强大的国防军,从废除一切不平等条约到独立自主的和平外交政策,从"双百"方针到体制改革后的文化事业欣欣向荣,从扫除文盲到实施科教兴国战略建设新型国家,从翻身解放到实现小康社会,凡此种种,中国人民在每个领域无不留下发展的足迹,写就不朽的诗篇。

60年的时间在历史的长河中可谓沧海一粟。其间究竟发生了些什么,怎样发生的,过程怎样,结果如何,却非人人都清楚知道的。对此,亲身经历者或可鲜活如昨,但对后来者来说却可能只是一个概念,对某段历史的记忆影像或不存在,或是模糊的。基于此,为了让年轻人,特别是青少年永远铭记共和国这段不朽的历史,我们推出了这套《共和国故事》。

《共和国故事》虽为故事,但却与戏说无关,我们不过是想借助通俗、富于感染力的文字记录这段历史。在丛书的谋篇布局上,我们尽量选取各个时代具有代表性或深具普遍意义的若干事件加以叙述,使其能反映共和国发展的全景和脉络。为了使题目的设置不至于因大而空,我们着眼于每一重大历史事件的缘起、过程、结局、时间、地点、人物等,抓住点滴和些许小事,力求通透。

历史是复杂的,事态的发展因素也是多方面的。由于叙述者的视角、文化构成不同,对事件的认知或有不足,但这不会影响我们对整个历史事件的判断和思考,至于它能否清晰地表达出我们编辑这套书的本意,那只能交给读者去评判了。

这套丛书可谓是一部书写红色记忆的读物,它对于了解共和国的历史、中国共产党的英明领导和中国人民的伟大实践都是不可或缺的。同时,这套丛书又是一套普及性读物,既针对重点阅读人群,也适宜在全民中推广。相信它必将在我国开展的全民阅读活动中发挥大的作用,成为装备中小学图书馆、农家书屋、社区书屋、机关及企事业单位职工图书室、连队图书室等的重点选择对象。

编 者
2010 年 1 月

目录

一、运筹启动

邓小平建议增加开放城市/002

召开沿海部分城市座谈会/017

举办沿海开放干部培训班/021

二、规划建设

天津在盐碱荒滩上搞开发/024

青岛选址黄岛作为开发区/033

大连将开发区定位在新市区/044

广州开发区办出特色/050

温州自费开建出口工业区/057

秦皇岛不断扩大开发区域/065

连云港成为开发区后起之秀/073

北海以港口模式进行建设/082

三、加速发展

天津加快建设滨海新区/088

广州加快实施二次创业/096

大连实现从乡村到城市/100

秦皇岛开发区第二次扩区/104

目录

烟台开发区加快项目引进/110

南通开发区创建示范区/115

一、运筹启动

- 邓小平接着说:"我们建立经济特区,实行开放政策,有个指导思想要明确,就是不是收,而是放。"

- 邓小平对广东省党政负责人说:"办特区是我倡议的,中央定的,是不是能够成功,我要来看一看。"

- 张荣怀着万分激动的心情,首先将题词送给广东省领导传阅。省领导反复看了几遍,个个喜笑颜开。

邓小平建议增加开放城市

1984年2月24日,中共中央政治局常委、中央顾问委员会主任邓小平就办好经济特区和增加对外开放城市的问题,同中央几位领导人谈话。在座的有胡耀邦、万里、杨尚昆、姚依林和宋平等。

邓小平说:"最近,我专门到广东、福建,跑了三个经济特区,还到上海,看了看宝钢,有了点感性认识。"

邓小平接着说:

> 我们建立经济特区,实行开放政策,有个指导思想要明确,就是不是收,而是放。
>
> …………
>
> 厦门特区地方划得太小,要把整个厦门岛搞成特区。这样就能吸收大批华侨资金、港台资金,许多外国人也会来投资,而且可以把周围地区带动起来,使整个福建省的经济活跃起来。厦门特区不叫自由港,但可以实行自由港的某些政策。除现在的特区之外,可以考虑再开放几个港口城市,如大连、青岛。这些地方不叫特区,但可以实行特区的某些政策……

这次谈话是在邓小平于1984年1月24日至29日视察了深圳、珠海两个经济特区，2月7日至10日视察了福建厦门市和正在建设中的厦门经济特区，2月15日视察了上海宝山钢铁总厂之后进行的。

1984年1月22日，邓小平在中央政治局委员王震、杨尚昆和广东省委第一书记任仲夷、中央顾问委员会委员刘田夫陪同下，乘专列从北京南下到经济特区视察。

神州大地，万物更新，气象万千；南国繁花似锦，春意盎然。中国经济特区诞生后，经济迅速发展，速度之快，令世人瞩目。

然而，对中国试办经济特区，国内、党内还有不同的意见，还有一些人心存疑虑，多有非议之词。

经济特区困难重重，步履维艰，是在"香一年，臭一年，香香臭臭又一年"的争论中度过的。特区的建设者们，在有形或无形的压力下，迫切地希望得到中央最高层的明确肯定。

正当特区艰苦行进、遇到很大压力的时候，邓小平决定亲自出动，到特区视察。

1月24日10时，专列抵达广州火车站，邓小平在专列上分别接见了广东省委的负责人林若、梁灵光、宋志英，以及广州军区的负责人。

刘田夫要把邓小平接到广州珠岛宾馆休息，但邓小平不顾旅途疲劳，坚持要先到深圳去看一看。

邓小平对广东省党政负责人说：

办特区是我倡议的，中央定的，是不是能够成功，我要来看一看。

邓小平对特区的深切关爱之情，令在场人员无不为之动容。

当日中午，在刘田夫与广东省委书记、省长梁灵光的陪同下，邓小平一行抵达深圳。

在乘坐中型旅行车驶往迎宾馆的路上，邓小平的心情显得十分兴奋和迫切。他几次掀开窗帘，眺望窗外繁忙的工地和正在兴建的高楼大厦。

12时50分，旅行车来到迎宾馆桂园小别墅门前停下。身着深灰色中山装的邓小平一下车，就受到宾馆工作人员的列队鼓掌欢迎。

周鼎、周溪舞、刘波、罗昌仁等深圳市党政负责人快步迎上前去，在深圳领导的介绍下，邓小平一一同他们热烈握手。

15时30分，邓小平、王震、杨尚昆在刘田夫、梁灵光的陪同下，走进迎宾馆二楼会议室，受到深圳市领导班子成员和一些部门负责人的热烈欢迎。

随后，邓小平请深圳市领导介绍深圳的情况。

深圳市领导指着挂在墙上的深圳地图，把特区4年来引进外资、基本建设以及推进改革等方面的情况，向邓小平等中央领导作了汇报。

邓小平吸着烟,细心地听着汇报。

40分钟的汇报结束后,深圳市领导对邓小平说:"办特区是党中央和您老人家提倡的,是党中央的决策,深圳人民早就盼望您来看看,让您放心,希望得到您的指示和支持。"

邓小平意味深长地说:"这个地方正在发展中,你们讲的问题我都装在脑袋里,我暂不发表意见,因为问题太复杂了。"

16时10分,邓小平一行从住地出发,乘坐大型旅行车参观深圳市容。

整个特区简直就是一个热火朝天的建设工地:一辆辆各种型号的载重卡车川流不息,一部部挖掘机、推土机在轰隆隆地操作;一幢幢正兴建的厂房上空,吊机伸开巨臂来回转动,指挥的哨音此起彼落,到处呈现一派紧张忙碌的建设景象。

邓小平目不暇接地望着窗外一幕幕的建设场面,问随行的同志这是什么工地,那个高楼是准备用来干什么的。

16时50分,邓小平等驱车来到正在兴建的罗湖商业区。

当时,寒风呼啸,气温下降到11摄氏度。

邓小平不顾旅途劳累,冒着严寒,兴致勃勃地登上已经竣工并且开业不久的22层高的国际商业大厦顶楼天台，俯瞰深圳全景。

国际商业大厦脚下两平方公里的罗湖商业区，是深圳特区未来的繁华商业中心，也是香港新界跨进社会主义经济特区的门槛。在这里将大部分引进外资，兴建198幢18至48层高的高楼大厦，当时已有63幢动工，有18幢竣工。电讯、供水、供电、供气、防洪和污水处理等设施初具规模。在这里，人们可以看到，一个现代化的新兴城市正在崛起。

邓小平顺着这座高层大厦的天台围墙，从东面走到北面，又从北面走到西面和南面，时而凭栏远眺，时而鸟瞰近景，尽情地饱览深圳特区的建设风貌。

时近黄昏，邓小平站在天台上久久地凝望着。在夕阳和晚霞的辉映下，深圳特区高层建筑物染上一抹绚丽灿烂的华彩。

邓小平看见深圳奇迹般的变化，他的心中已有了明确的答案。最后，他满意地对深圳市领导说："我都看清楚啦！"

1月25日10时30分，邓小平在广东省市领导的陪同下，来到富甲全省农村的渔民村参观。

渔民村是深圳特区几年来迅速富裕起来的一个先进典型，饮水思源，老支书吴伯森一再感谢中央，并高兴地陪同邓小平等参观了配有空调设备的文化馆。接着，他特意请邓小平等到他家做客。

下午，邓小平一行视察了中国航空技术进出口服务公司——深圳工贸中心电脑电气技术有限公司。

该公司是一家合资企业，主要生产微型电脑、电脑软件和电脑外壳等。

邓小平一行参观车间设备，详细听取了副总工程师王兆全介绍公司的情况。

1月26日上午，邓小平一行驱车抵达蛇口工业区。这里是香港招商局办的一个新兴工业城。

蛇口工业区总指挥袁庚热情地把邓小平等领导带到办公大楼七楼会议室，然后说："首长来工业区视察，是蛇口工业区全体员工的愿望，这幸福的一天终于盼到了。由于广大员工不能和我们（接待工作人员）分享这份幸福，我请求首长和全体接待人员合影留念，使全体员工得偿所愿。"

邓小平随即高兴地和大家合影留念。

邓小平边看工业区全景模型，边听袁庚汇报建设情况。

当袁庚介绍蛇口的口号是"时间就是金钱，效率就是生命"时，邓小平的小女儿毛毛提示说："我们在进来的路上看到了。"

邓小平说："对！"

袁庚知道邓小平在市里听完汇报后不讲话，也不表态，因此他自言自语地说："不知道这个口号犯不犯忌？我们冒的风险不知道是否正确？我们不要求小平同志当场表态，只要求允许我们继续实践试验。"

袁庚这种不给客人出难题的做法，使邓小平和在场的人都笑了起来。

汇报结束后，邓小平等人首先登上微波通讯大楼，俯瞰整个蛇口工业区。接着参观了合资经营的华益铝材厂。随后到由一艘豪华旅游船明华轮改装成的"海上世界"做客。

邓小平称赞蛇口工业区在开展旅游事业上开辟了新路子，并应主人的请求，为我国首座海上旅游中心题名，即席挥毫写下了"海上世界"4个苍劲有力的大字。

26日下午，邓小平结束了深圳经济特区的视察，乘坐海军炮艇渡过伶仃洋，抵达珠海特区。

邓小平按计划前往中山市，下榻于由香港知名人士霍英东先生和中山市合资兴建的中山温泉宾馆。

邓小平一行每天由宾馆乘车前往珠海，先后参观了拱北海关、石景山旅游中心、九洲港直升机场和南山工业区。

28日上午，在中山市委书记谢明仁等人的陪同下，邓小平到宾馆后山——罗三妹山散步，一直登上山顶。

下山时，道路崎岖不平，警卫人员建议原路返回，邓小平意味深长地说："不走回头路。"

这一句话，充分反映出邓小平的非凡胆识和气度。

霍英东后来回忆说：

> 当听到邓小平说"不走回头路"，我心里踏

实了，邓小平坚持走改革开放之路是坚定不移的，要中华民族走向现代化实现经济繁荣、文明进步是坚定不移的。

当天晚上，邓小平、王震、杨尚昆等在中山温泉宾馆会见了港澳知名人士霍英东、马万祺先生，以及澳门南光公司总经理柯正平等。

邓小平又说："办特区是我倡议的，不晓得成功不成功？看来路子走对了。"

霍英东、马万祺先生认为试办特区是成功的。邓小平听了很高兴。

邓小平这次南方视察，目睹了深圳和珠海两个经济特区的巨大变化，留下了良好的印象。

在珠海宾馆，吴健民等人见邓小平日理万机，难得抽空来特区一次，于是请他题词留念。

邓小平询问写什么。吴健民马上说："对珠海经济特区评价之类的话……"

邓小平健步走到侧面一张准备好的摆着宣纸、笔墨的写字台。他干脆利索，大笔一挥，题写了几个功底浑厚、苍劲有力的大字：

珠海经济特区好

这是邓小平对中国创办经济特区决策在四五年实践

之后的又一次肯定,也是他对珠海经济特区建设的一次检查结论。

在场的珠海特区建设者深受鼓舞,报以热烈的掌声。饭后,邓小平在珠海宾馆休息了两个小时。下午,他同珠海市的主要领导人和马万祺先生合影留念。

在珠海前往广州途中,在顺德清晖园停留半个小时,邓小平听取顺德县委书记欧广源关于生产情况的汇报。

邓小平听完欧广源汇报后,十分高兴,鼓励顺德干部群众要按自身的生产特点,因地制宜布局,尽快富裕起来。

当日,邓小平从顺德抵达广州,下榻于珠岛宾馆。

深圳市的领导听到邓小平为珠海特区题词后,感受到了很大的压力。邓小平视察深圳特区后,究竟怎么想?怎么评价深圳?能不能也请他题个词,打一打"分",看"及格"还是"不及格"?

深圳市的领导焦急不安,打电话向省里求助。

当得悉邓小平将在广州过春节的消息后,深圳市委紧急召开常委会议,决定派人到广州请求邓小平为深圳特区题词。

深圳市领导把任务交给市委接待处处长张荣,对他说:"我把市领导和全市人民的重担都交给你了,一定要完成这个重任啊。"

张荣深知此行的重要性,他匆匆忙忙地赶到广州珠岛宾馆,先找杨尚昆说明来意,拜托他安排。杨尚昆表示会尽快找机会向邓小平转达深圳市的要求。

杨尚昆认为2月1日早饭后是个好机会,他要张荣做好准备。杨尚昆找机会对邓小平说:"珠海经济特区好,深圳经济特区不是更好吗?"

10时左右,邓小平在珠岛宾馆内小花园散步回来,一进门,邓小平的女儿邓楠就说:"爸爸,深圳的字还没写啊,深圳的同志还在这里等着。"

邓小平说:"不是回北京写吗?"

等他们吃饭的时候,邓楠说:"现在他回不去,拿不到题词这个春节不好过。"

邓小平坐在沙发上想了一下,就起来走到台前,台上早摆好了笔墨纸砚。邓小平提笔就写:

> 深圳的发展和经验证明,我们建立经济特区的政策是正确的。
>
> 邓小平
>
> 一九八四年二月二十六日

邓小平的题词一气呵成,字字遒劲有力,浑然一体。邓小平十分细心,在落款时,没有落在广州下笔时的时间,而是把时间稍稍提前了一点,落在他离开深圳的那一天。这是他经过几天深思熟虑的结果,表明他在深圳时已经有了这个评价。

张荣怀着万分激动的心情,首先将题词送给广东省领导传阅。省领导反复看了几遍，个个喜笑颜开。接着，张荣立即打电话给深圳报喜。随后他赶回深圳。

当热切等待的市委领导看到了邓小平的题词之后，无不喜出望外，欢欣鼓舞，深刻体会到邓小平对深圳的评价，寄托着一份大海般深沉的厚爱。

第二天，恰好是甲子年大年初一。一大早，邓小平为深圳特区的题词，就通过深圳电视、广播及《深圳特区报》和大家见面了。和深圳一河之隔的香港电视台立即转播，每隔5分钟播放一次。

邓小平为深圳经济特区题词之后，2月2日又应邀为即将竣工开业的广州花园酒店题写店名。

当时，中英两国就香港回归谈判处于重要关头，港澳商家人心浮动，邓小平欣然题词，除了对广东改革开放的成就表示肯定外，也表明了他对港澳爱国商人投资国家现代化建设的支持，稳定了外商在中国投资的信心。这次看似不经意的题词，在当时的港澳商界引起了轰动。

2月5日，邓小平离开广州，乘专列前往厦门视察。刘田夫、梁灵光、宋志英等到火车站为邓小平送行。

2月7日这天，一列客车从广东方向驶来，徐徐进入厦门火车站。

列车停稳后，福建省委书记项南带领省市党政军主要领导高兴地迎上前去。

邓小平视察厦门特区的时间安排得十分紧凑，他双脚一踏进厦门岛，视察便正式开始了。

在从厦门火车站到厦门宾馆的路上，邓小平一面听取项南对厦门市情的简要介绍，一面不时向窗外两边张望，心情显得格外高兴。

与广东情况相比不同的是，厦门是福建的唯一特区，起步晚，难点多，需要更多关怀。

2月8日，邓小平在项南等同志陪同下，首先来到东渡港区。这里是一处刚建立不久的极具现代化雏形的新型码头，一座座高大的龙门吊车，一排排整齐排列并与国际航运接轨的标准集装箱，一艘艘正在装卸货物的远洋货轮，一组组聚精会神操作机械的码头工人……所有这些，都使邓小平备感欣慰。

紧接着，宾主一起登上"鹭江"号小型游艇。

此时此刻还是王震想得周到，他特意挪了一下自己的位置，让项南坐在小平身旁，好方便他们彼此交谈。

项南代表省委汇报说："小平同志，厦门特区现在实际上只有地处厦门岛北端名叫湖里的2.5平方公里，实在太小了，太束缚手脚了！在这块小小的地方即使很快将它全部建成，也没有多大的实际意义。"

邓小平说："那你们的意思是……"

"我们建议把特区的范围扩大到全岛！"项南明快地回答说，"使整个厦门岛都对外开放，这对加快引进外资和国外先进技术，对改造全岛的国有老企业，对加强台湾海峡两岸的交往，都可以起到更大的作用。"

邓小平边听汇报，边仔细察看放在他身边的厦门特区规划图。然后肯定地说:"我看可以,这没得啥子问题嘛!"

接着,邓小平又对厦门岛与金门岛近在咫尺却不能直来直往问道:"怎样才能使两地直来直往?"

项南胸有成竹地说:"建议厦门特区搞自由港……现在台湾、金门同胞到大陆,都不是直来直去,要从香港或者日本绕道而来,这太麻烦了。如果能把距离金门、台湾最近的厦门特区变成自由港,实行进出自由,这对海峡两岸中国人的交往,一定会起到很大的促进作用!"

王震在旁插话:"应该考虑这个问题。"

邓小平立即接过话题说:"可以考虑。"但他又反问:"搞自由港应当实行哪些政策?"

针对这个问题,在场的福建省市领导你一言我一语,大伙集中议论了一下,然后由项南归纳:"搞自由港主要有三大自由:人员来往自由,货币兑换自由,货物进出自由。"

邓小平认为搞自由港是个大政策,问题比较复杂,涉及方方面面,需要进一步探索和研究,为此,他对这个问题仅作了"可以考虑"的谨慎回答。

同一天,邓小平、王震与项南等人还特意到中国人民海军东海舰队厦门驻地码头,亲切看望了水警区官兵,并和他们合影留念。

2月9日,大清早,邓小平在项南等省市领导的陪同下,驱车来到著名的五老峰下的厦门大学。

离开厦大，邓小平和项南等人随即驱车来到湖里工业区，这里就是当年厦门特区的发祥地。

按 1980 年 10 月国务院批示，划定湖里 2.5 平方公里山坡地为厦门特区，接着于 1981 年 10 月正式破土动工。

几年过去，此处在平整土地基础上通路、通话、通电、通水，并盖起了一批标准厂房，供外商选择使用。到 1983 年底为止，外商来此投资落户，特别是已开业生产的企业还为数不多，所划定的特区范围也确实太小，拳脚施展不开。

邓小平在特区管委会办公大楼会议室里听取了特区领导的简要汇报，察看了特区规划模型和正在建设中的湖里工地现场，然后，在众人的热切期盼下，他欣然挥毫题词：

把经济特区办得更快些更好些。

这个坚挺有力的题词，寓意深，分量重，影响大，对特区的领导者和建设者都起到了极大的鼓舞和鞭策作用。

2 月 10 日上午，邓小平在项南等省市领导陪同下，冒着蒙蒙细雨来到著名而又颇具特色的厦门风景区万石植物园，带领大家精心种上了一棵珍贵的云南香樟。

随后，福建省市领导陪同邓小平和王震一行来到厦门火车站，依依不舍地欢送他们登车北上。

邓小平的谈话,像一阵春风,拨开了对特区工作的许多迷雾,开创了中国对外开放的又一个里程碑。

召开沿海部分城市座谈会

1984年3月26日，中共中央书记处和国务院在北京联合召开沿海部分城市座谈会。

中共中央、全国人大常委会、国务院有关部门和总参负责人出席了会议，邓小平、李先念等中央领导会见了全体到会人员。

沿海有关省、自治区、直辖市及八个沿海城市、四个经济特区负责人参加了会议。

会议建议：

> 进一步开放天津、上海、大连、秦皇岛、烟台、连云港、南通、宁波、温州、福州、广州、湛江、青岛和北海14个沿海港口城市，在这些城市中，有些可以划定一个有明确界限的区域，兴办新的经济技术开发区。

4月6日，会议结束。

当时，沿海大中港口城市交通方便，工业基础好，技术水平和管理水平比较高，科教文化事业比较发达，既有对外开展经济贸易的经验，又有对内进行经济技术协作的网络，是我国经济比较发达的地区。

通过放宽某些政策，改革现行的某些管理制度，增强这些城市及其企业开展对外经济活动的活力，把积极利用包括资金、物资、技术、知识、人才在内的国外资源、扩展国际市场同市内工业结构改组、企业技术改造、管理体制改革紧密结合起来，必将大大加速经济的发展，使整个地区、企业和人民群众更快地富起来。

这些港口城市和4个经济特区，在沿海从北到南连成我国对外开放的前沿地带，又必将在发展科学技术，推广管理经验，繁荣国内市场，扩大对外贸易，传递经济信息，培养输送人才等方面，支援和带动各自的腹地，有力地促进全国的经济建设。

5月4日，中共中央和国务院批准《沿海部分城市座谈会纪要》关于进一步开放沿海14个港口城市的建议，并发出通知指出：

我国在新的历史时期实行对外开放政策，有一个逐步发展的过程。沿海港口城市由于其地理位置、经济基础、经营管理和技术水平等条件较好，势必要先行一步。进一步开放沿海港口城市和办好经济特区主要是给政策，一是给前来投资和提供先进技术的外商以优惠待遇，二是扩大沿海港口城市的自主权，让它们有充分的活力去开展对外经济活动。

文件除了要求把经济特区办得更快、更好和将厦门特区扩大到全岛以外，对14个港口城市10个方面的政策和措施作了优惠规定，成为这些城市对外开放工作的主要实施纲领。

其中具有历史性意义的措施之一就是：

这些城市，有些可以划定一个有明确地域界限的区域，兴办经济技术开发区。

文件并对经济技术开发区的任务、要求、发展方向、优惠政策、支持措施、审批程序、加强监管及注意事项等都作了原则规定。

文件特别提出：

中央国务院决定委托谷牧同志监督、检查执行情况，并协调、仲裁执行中可能出现的矛盾。为此国务院特区办公室的力量也要加强。

此后，国务院有关部门包括计划、财政、税收、工商、海关、公安、外事等，相继对经济技术开发区的优惠政策和管理措施作出了具体执行规定。

同年6月2日，海关总署发出《关于对十四个沿海港口开放城市的若干优惠政策》。其中包括对经济技术开发区的进出口免税规定。

10月27日,国务院批准国家经委、国家计委《关于发展沿海地区轻纺产品出口问题的报告》。

"报告"提出:

> 为使轻纺产品更加适应国际市场的需要,计划对1100个企业进行技术改造。

随后,海事法院建立,国务院又批准经济特区和沿海14个港口城市减征、免征企业所得工商统一税。

举办沿海开放干部培训班

1984年6月4日，国务院责成国务院特区办公室并委托深圳市，在深圳特区举办了沿海开放干部培训班，取名"经济开发研讨会"。

研讨会学习和贯彻《沿海部分城市座谈会纪要》精神，由深圳特区有关方面及蛇口工业区介绍对外开放及土地开发工作经验，讨论沿海城市对外开放工作的思路。

参会的有沿海各省、市、自治区、海南岛及开放城市的领导，经济技术开发区筹备人员，国务院办公厅和有关部门也派代表参加了研讨。

国务院副总理谷牧对这次研讨会非常重视，特意改变了原来安排的行程，参加了开幕式，并发表了讲话。

7月份又举行了第二期"研讨会"。

这两次培训，实际上成为沿海城市经济开放及建立经济技术开发区的一次启蒙。

11月28日至12月1日，国务院特区办在福州市召开沿海开放城市实务碰头会，交流《沿海部分城市座谈会纪要》下达后的工作情况，讨论《关于经济技术开发区若干优惠政策和措施》的意见。

各地代表认为：

研究制定经济技术开发区管理规定是必要的，但目前搞全国性条例的条件还不成熟，建议各地分别制定地方性法规。

1985年1月4日，谷牧向邓小平简要汇报了14个沿海开放城市实行进一步开放以来8个多月的主要进展情况。

邓小平说："看起来大有希望。"

10月8日至12日，国务院特区办会同国家计委，在天津召开由全国11个经济技术开发区及所在城市负责人参加的第一次工作座谈会，交流开发区规划，并研究如何贯彻省长会议精神、控制开发区基建规模等问题。

正在天津考察的谷牧、甘子玉等中央领导，到会听取了汇报。谷牧发表了重要讲话。

国务院特区办根据开发区工作座谈会情况，向国务院提出了专题报告，对经济技术开发区的规划、基建情况作了分析汇报，针对有关部门认为开发区是"冲击全国基建规模的四大因素之一"，以及有的同志提出的是否可考虑暂停几个开发区建设的看法，提出了意见，建议11个开发区可在缩小开发施工面积的基础上继续建设，不宜采取停建的做法。

这个意见得到了国务院的认可。

二、规划建设

- 张昭若开始在政府和市委机关里招兵买马。他开玩笑地说:"我有尚方宝剑了,看上谁,谁就得跟我老汉走,到开发区创业去。"

- 时任青岛副市长的宋玉珉说:"虽然现在开发区的标签就是'开放',但那时我常想,开发区该怎么封闭,是用铁丝网,还是设关卡?"

- 1985年春天,一份盖着国务院鲜红大印的批复文件从北京飞来:"由于主客观原因,近期内(龙湾)经济技术开发区不宜动工。"

天津在盐碱荒滩上搞开发

1984年4月的一天，时任天津市副市长的张昭若接受了时任天津市市长李瑞环的任务，响应党中央和邓小平提出的在14个沿海城市进一步开发的号召，谋划成立天津经济技术开发区。

张昭若开始在政府和市委机关里招兵买马。他开玩笑地说："我有上方宝剑了，看上谁，谁就得跟我老汉走，到开发区创业去。"

8月6日，天津经济技术开发区管委会成立，是天津市政府的派出机构，代表市政府对开发区的行政、服务、发展工作实行统一管理。

区管委会先临时在常德道的一家招待所里办公。李瑞环市长给他们开了第一次工作会。

在听完开发区的筹备情况汇报后，李瑞环与开发区的领导班子成员们聊了起来："对外开放、举办开发区是邓小平同志亲自决策的国家大事，是中国迈向世界的强国之路。天津过去是洋务运动的发源地，办开发区就是共产党领导的'洋务运动'。"

李瑞环指出："改革开放，是强国之路。中国不搞改革已经没有出路了，这叫逼上梁山，不走也得走。搞改革开放，就是困难与发展并存，挑战与机遇同在，不会一帆风顺，也不会马到成功。你们要去的海边，那是块兔子不拉屎的地方，条件很艰苦，不亚于当年的大庆，所以，我也赞成当年大庆人的那句豪言壮语，'有条件要上，没有条件创造条件也要上'。发挥这种战天斗地的创造精神就是一个非常可靠的条件。市委和市政府要求你们要做到立大志，创大业，走正道，出人才，创奇迹。"

李瑞环略带沙哑的浓重的宝坻地方口音充满磁性，铿锵有力。

1984年12月6日，国务院批准天津市在塘沽兴办经济技术开发区，并指出：

> 第一期开发区3平方公里，要做到开发一片，建成一片，收益一片，争取在三四年内基本形成规模。开发区引进技术的起点要高些，要尽可能多地引进国内需要的新技术、新工艺、新设备，努力发展适合天津特点的新兴产业，开发新产品，要为天津市老企业的技术改造和重点行业的技术进步服务，上一批能在全行业起带动作用的项目；要建设能充分利用本地和国内资源、能扩大出口创汇的项目，要发挥开发区紧靠港口的优势，发展港口加工工业。

天津开发区位于天津市东部，西临京山铁路，地处京津塘高速公路东端，距天津市中心45公里，距中国北方第一大港口天津港5公里，距天津滨海国际机场38公里，距北京145公里。

天津开发区规划面积为33平方公里，其中25平方公里为工业区，8平方公里为生活金融商贸区。

1985年7月9日，天津市人大常委会通过《天津经济技术开发区管理条例》（现已修正为《天津经济技术开发区条例》），规定开发区管委会是天津市政府的派出机构，代表市政府对开发区实行统一管理。

天津开发区最早的开拓者之一、天津市原副市长叶迪生是1984年来到开发区的，事先他本人并不知道，是市委作的决定。

叶迪生说："我当时并不知道开发区是做什么的，觉得自己只会搞科技工作，对调去开发区的事情还想不通。"

李瑞环召集管委会领导班子开了一次会，谈开发区将来发展的规划。

会议结束后，李瑞环把叶迪生留了下来，分析派他到开发区的事。

李瑞环启发他："搞开发区就是共产党领导的'洋务运动'，天津要尽快缩短与国际的差距，学习国外先进的技术，所以需要你们这批懂经济、懂科技、懂各方面知识的人去开发，你去最合适……"

就这样，叶迪生开始了他的开发区建设生涯。

来到开发区后，叶迪生发现这里什么都没有，一切都要从头开始。

往前看，往后看，都是一片盐碱荒滩。荒凉的土地，盐碱的土地，是开发区唯一的资产。他们就在这样一张白纸上，以梦作画，激情书写着理想的篇章。在计划经济和市场经济的夹缝里，招商引资，一步步滚动发展。

那年国庆节，很多部门都给职工发奖金庆祝国庆。而开发区的30多个人就聚在一起讨论、抒发感情。

很多"老开发"都坚信，建设开发区一定要有信心、有铁塔的精神。铁塔就是泰达。

当年，"老开发"郑华安建议，按国际惯例，将天津经济技术开发区英文字头缩写"TEDA"译为"铁塔"。

后来，张昭若主任根据中国文化精神将其改为"泰达"，祈愿开发区走康泰发达的道路。

在那段艰难的岁月中，这个团队始终抱着坚定的信念，那就是：

振兴中华，励精图大业；面向世界，众志建新城。

这就是泰达精神的最初内涵。

当年兴建经济技术开发区，既无国内先例可循，又不能照搬国外模式。

在渤海之滨的盐碱荒滩上，肩负着"先行先试"的创业者们，不占良田一亩，不靠政府拨款，开始了改革开放政策的一次全新尝试。

创建伊始，天津开发区就提出"为投资者提供方便，让投资者赢得利润"，要"创造仿真的国际投资环境"。

1986年8月21日9时30分，一支车队沿天津港4号公路疾驰而来。

车队驶进开发区，在首家投产的合资企业丹华自行车有限公司门前停了下来。

车门拉开后，邓小平的女儿邓楠首先下车，随后邓小平也走下车来。

当时邓小平神采奕奕，步履矫健，既没拄手杖，也无人搀扶。人们很难相信这是一位82岁高龄的老人！

当时的开发区条件很差，管委会甚至连好一点儿的会议室都没有，只好把丹华产品展厅的一半腾出来，布置成临时会议室。

就在这样简陋的会议室里，邓小平听取了李瑞环关于开发区整体规划的汇报以及开发区负责人对于开发区一年多来所做工作的汇报。

当时，开发区负责人向中央提出了松开4根"绳子"，给予几项权力的要求。

其中，4根"绳子"是指：

> 金融政策管理适应商品经济要求；允许土地使用权有偿转让；放宽对注册资本与总投资额限制过死的规定；放开基建盘子、外汇指标

与钢材进口指标等。

几项权力则是指：

  合资企业间外汇平衡与外汇调剂权、对外资和境外企业审批权、工商登记审批权、国家法律规定范围内的进出口货物审批权等。

邓小平耐心地倾听完，微笑着说："这些问题可以请政府部门去解决。"

而当邓小平听到关于对外开放的政策时，严肃地说：

  对外开放还是要放，不放就不活，不存在收的问题。

听完汇报后，邓小平参观了丹华的车间和刚刚生产出来的自行车，并向外商详细询问了生产和经营情况，还亲切接见了在开发区注册的外商投资企业的代表。

大家希望邓小平为开发区题词。

那天，邓小平兴致很高，当即欣然同意。他从沙发上站起来，走到备有文房四宝的写字台前。

邓小平略作打量，拿起毛笔，润饱墨汁，刷刷刷，7个大字赫然落在纸上：

开发区大有希望

老人家悬肘书写,字字遒劲有力!

写完后,邓小平缓缓放下毛笔,指着墨迹未干的题词,轻轻地说:"就这个容易。"仿佛是在告诉大家,做一切事情都不容易,需要艰苦的努力。

当年这个题词,曾让多少开发区人热泪盈眶,它也鼓舞了全国各开发区建设者奋斗拼搏的意志。

邓小平视察天津经济技术开发区引起了强烈反响。当天,中央电视台《新闻联播》节目播报了这条重要新闻。

当晚,开发区管委会的电话几乎被打爆了。大连、广州、青岛、福州……全国各开发区建设者的欣喜之情溢于言表。

此后,接连数天,全国各开发区都派来干部,参观天津经济技术开发区,学习邓小平指示精神。

"开发区大有希望",这铿锵有力的声音从天津传向全国。

经过认真学习和贯彻邓小平关于开放的理论,并结合天津当时实际情况,叶迪生等人意识到,开发区目标不能仅仅瞄准东南亚,更应瞄准美国、日本、韩国、欧洲国家。

为此,泰达在全国首先提出了跨国公司战略和以外资为主、以先进工业为主、以出口导向为主的"三为主"开发方针。

叶迪生首先想到了摩托罗拉。

叶迪生说:"过去搞科技工作时,我曾和李铁映一起从事摩托罗拉芯片的攻关项目,两人经常交流,比较熟悉。当时,李铁映刚担任电子部部长。他很快飞到美国,找到摩托罗拉,欢迎摩托罗拉到中国来投资。摩托罗拉的老高尔文表示:'到中国,不能合资,要独资。'李铁映当即就答应了。"

其实,那时中国的独资政策还没出台。

于是,李铁映就打电话联系叶迪生,询问可不可以搞独资。叶迪生说:"行呀,没问题,到我这里都行。"

叶迪生还同意摩托罗拉先到开发区进行考察。

叶迪生说:"我当时之所以敢说'行',是因为:这是高新技术,怎么不能搞独资呢?再一个原因就是,我相信我们国家的改革开放政策一定会随着时间发展、变化,不能够只搞合资,所以我先答应,留这块地方给摩托罗拉。"

第二年春天,摩托罗拉派了7名董事来中国考察。在对厦门、上海、天津等几个城市考察后,7名董事投票选出投资地点。结果,天津获得了4票。

他们认为,在环境方面,天津虽然与厦门、上海、深圳有差距,但因为有南开大学等高校,人才有优势。

此外,还有一个很重要的原因,就是在接待摩托罗拉的时候,开发区请出了李瑞环。

1992年,摩托罗拉在天津投资建厂。

那一年,全国的开放形势又进一步,外商投资政策开放了。特别是邓小平同志的南方谈话，使大开放的格局全面形成。

"针对怎么服务好摩托罗拉，我们特地成立了一个专业队伍，包括法律部门全都出动。当时，这就是军令状呀，谁都不能丢了这个项目！"叶迪生说。

这是美国第一次在中国投资高科技项目，而且是1.2亿美元的大手笔，当时就引起了轰动。

叶迪生说，这件事使他们总结出：引进一个有核心技术的跨国公司就会带动一大批相关服务企业，整个技术档次就会大幅度提高。

1993年，开发区创立10年后，国务院特区办曾经对全国49个国家级开发区作过一个全面的调查和分析，调查结果显示，天津开发区投资回报率等21个指标综合实力排名无可争议地名列前两位。其中，有14项指标都是第一，其余7项名列第二。其实，这已经不是泰达的第一个"第一"，而是坚持了多少年的"第一"。天津开发区的平均投资密度，达到了每平方米300美元。

1996年，开发区建立了3个区外小区，即位于武清区的逸仙科学工业园区，西青区的微电子工业园区，汉沽区的化学工业区。

2000年6月，开发区又开始建立西区，实行土地扩展。

青岛选址黄岛作为开发区

1984年5月4日,中国改革开放掀开崭新的一页,山东的青岛、烟台与其他12个沿海城市被国务院正式批准为全国首批开放城市。

当月,青岛经济技术开发区的选址工作全面展开。

青岛开发区建在哪里?当时有三种意见,一是东部崂山一带,二是城阳一带,三是黄岛一带。

为科学规划、正确选址,青岛市委、市政府曾多次出国考察国外的出口加工区、自由贸易区,参照设立开发区所具备选址在海陆空港交通便利、电源和水源等能源充沛区域的国际惯例,借鉴了新加坡、台湾等新兴中等发达地区的成功经验。

经综合论证,最终将经济技术开发区设立在胶州湾西海岸黄岛区与胶南市之间的区域。

毗邻青岛老市区的崂山区,没有建立港口的先天条件,当时水资源比较短缺,且作为旅游景区,不宜大规模发展工业。

位于青岛老市区北部区域的城阳区当时属于崂山县,虽离青岛老港较近,水陆交通都较为便捷,但在"引黄济青"工程启动实施前,水资源和电源等能源相对匮乏,且区内大部分为耕地,开发征用土地成本较高,而中央当时对开发区总的原则，就是只给政策，不给资金。

而黄岛拥有独特的区位优势，发展空间和潜力巨大。

黄岛虽离青岛母城陆路较远，但与母城隔海相望，海上最近距离不到 2.26 海里，同时具备了港口交通、水电能源等设立开发区的主要条件。

从交通上看，当时黄岛区域内正在兴建青岛新港区前湾港，拥有国际一流的港口岸线资源条件。此外，直达机场和老市区的环胶州湾高速公路和通往市区的轮渡已经列入建设计划，胶黄铁路通过胶济铁路连贯全国。

从能源方面看，电力资源相当充沛，当时黄岛电厂已具备了 67.3 万千瓦时的发电能力，水资源也完全可以从周边的胶南市提供。

在用地方面，黄岛区的薛家岛当时大部分为滩涂荒地，实际耕地很少，开发建设的动迁和征地成本很小。

从青岛市的整个城市发展格局和生产力发展布局来看，向北发展将从交通、能源等方面拉长经济瓶颈，加重老城区和青岛老港区的满负荷状态，造成经济梗阻。

向东从浮山到崂山，空间十分有限，且多为山体、坡地和丘陵，只宜于发展高教区和旅游景区，同时从梯度推移理论出发，青岛市未来的发展唯有跨海西移，即在胶州湾西海岸的黄岛开辟新经济区，设立经济技术开发区，才能有更大的作为，才能禁得起历史的最终检验。

1984 年 5 月 30 日，青岛市委、市政府在上报给省委、省政府的关于开发区建设的方案中提出：青岛经济技术开发区建在黄岛。

其实,当年选址黄岛还有一个原因:黄岛三面临海,便于封闭管理。这是当年兴办开发区的条件之一。那时人们担心对外窗口打开了,难免会飞进来几只苍蝇,要严加防范。

时任青岛副市长的宋玉珉说:"虽然现在开发区的标签就是'开放',但那时我常想,开发区该怎么封闭,是用铁丝网,还是设关卡?"

1984年10月20日,国务院批准青岛、烟台两市在抓好现有企业技术改造的同时,有计划有步骤地兴办经济技术开发区,规划土地面积分别为青岛15平方公里,烟台10平方公里。

开发区应以兴办生产性工业企业和科研项目为主;开发区内的建设项目,应是技术、知识密集型的,或是对现有技术水平的提高和产品的更新换代有明显促进作用的。

1984年,当年任青岛市城乡建委副主任的姜震被抽调参与开发区筹建工作。他回忆:

> 当时选址定下来,就开始实施了。当年青岛20多位城建专家在青岛人民会堂的化妆室里,伏在化妆台上画出了20多张开发区规划设计图。

1985 年 3 月 28 日，青岛经济技术开发区举行奠基仪式。

当天，中央、省、市领导乘北海舰队的军用船只渡海，去见证这一历史性的时刻。

当天狂风怒吼，船在大浪中颠簸不止。

奠基仪式结束后，海上仍然是大浪滔天。浩浩荡荡的大队人马不得不改乘汽车返回青岛。

也许这成了一种预兆，预示着开发区作为改革开放的"试验田"，要面临的是多年的漫漫风雨路。

蔡可卿，1985 年转业到开发区，担任办公室副主任，后来任主任。

当时蔡可卿负责外商接待工作，虽然眼前是一片旷野，但他对着一张开发区规划图，一遍遍向客人介绍未来美好的前景。

"外商更关心眼下已经具备了哪些条件。"当时最困难的还是通讯、交通问题。

蔡可卿说："刚开始，整个开发区只有 3 台从日本购进的对讲机，那东西通话时间一长就发热、断线。后来我们的四层小楼每一层有了一部电话，作为办公室主任的我成了接线员，整天跑上跑下喊人听电话，后来没办法，只能找专人负责接电话。"

那时用的是民用电，隔三岔五地就停电，但最难办的是过海交通问题。

一次，美国客人坐在汽车里乘轮渡过海，赶上当天涨大潮，海水没了栈道，汽车熄了火，外商只得挽起裤腿站在水里推车。

还有一次，韩国土地公社代表团回青岛又遇上了退大潮，交通艇无法靠岸，客人们只能手握船顶的铁栏杆"荡"上船，过去一人，大家就鼓掌庆贺……

这些客人从此再没来过。

除了具体工作中的举步维艰，还有思想上的困惑。

曾任中共青岛市委经济技术开发区工委副书记、青岛经济技术开发区管委会副主任的沙命枢，是开发区早期的负责人之一。他在一次回忆开发区建设时曾经说：

> 当初开发区的选址之争，在今天飞速发展的事实面前，总算有了定论。但开发区还经历着体制之争、融资之争、定位之争。总之，开发区是在争议中走过来的。

没有可供参照的样本，没有可借鉴的经验，青岛开发区在艰难中起步。

20世纪90年代初，青岛市政府东迁、东部开发启动时，开发区的很多人迷惑了："政府是不是要放弃西海岸？"

那时，消沉的情绪在一部分人中间弥漫开来。

那一年，蔡可卿将户口迁往开发区。办手续时，登州路派出所所长劝他："老蔡啊，你可要想清楚，你现在迁出去容易，将来想回来可就难了。"

当时的青岛市委书记俞正声赶到开发区，他说："开发区的地位并不会因为东部开发而改变，从长远来看，只有开发区才能承载大青岛的明天。"

蔡可卿说："从正当年到两鬓斑白，我从未动摇过自己的信念，即使在开发初期住简陋平房、吃凉饭、徒步上工地，尽管当时对开发区有各种不同的声音，但我坚信开发区的未来。我既然要迁过去，就没想着再迁回来。"

开发区最早进行"小政府、大社会"的体制改革，取消事业编制，实行干部聘任制，这在当时是绝无仅有的大胆实践。

开发区较早地改革国家征用土地的办法，创造性地创立了"空转起步"的土地经营模式，1991年在全省率先搞土地拍卖；全省第一家民办大学在此兴办，全省第一个农民养老保险制度在这里建立。

从1985年到1992年，开发区坚持"以项目建设带动基础设施建设，以基础设施建设保证项目上马"的工作方针，致力于搞好各项基础设施建设，兴办了一些中小型的项目。

在开发区的建设安排上，青岛开发区坚持"规划先行，量力而行，分期实施，尽力而为"的原则，采取"开发一片，建成一片，收益一片"的做法。

这样就使有限的人力、物力和财力得到最优化的配置和使用，大体上在开工的第三年就基本上完成了两平方公里起步区域的基础设施建设。

除了国家和地方共同投资的青岛前湾港一期工程、黄岛原油码头二期等基础工程如期竣工外，仅青岛开发区自身就自筹资金数亿元建成了自来水供配水管线与水厂、开通了2000门微波程控电话、建设了青岛—黄岛之间的轮渡码头并通船、建成了热源厂及大型变电站，实现了起步阶段通路、通电、通上水、通下水、通讯、通暖、通气及土地平整的"七通一平"及其他配套工程建设的规划要求，初步创造了招商引资的条件，从而接纳了第一批外商投资项目和内联项目进区，开创了外引内联的新局面。

随后，再用收取的场地使用费、管网配套费和各种税收资金投入新区开发，形成了良性循环。

随着实力的积累，滚动开发的规模不断扩大，到1992年，青岛开发区已建成10平方公里，引进建设了三美电机、青岛正大、统一产业、中达化纤、美得视、广裕实业等一批内外资项目。

文教卫生等各项社会事业有了一定的发展。截止到1991年底，全区共有人口10.13万人，其中各类专业技术人才3262人，中高级职称453人。

在此期间，1989年12月份，国家级青岛新技术产业开发试验区在开发区奠基创立；1992年11月份，青岛保税区经国务院批准设立。

青岛开发区的历史转折点或者说里程碑的事件，就是 1992 年的小平同志南方谈话和青岛开发区与青岛市黄岛区的体制合一。

从 1992 年开始，青岛开发区的功能定位、体制安排、规划调整、环境建设等各方面都发生了重大变化。

第一，在功能定位上，青岛开发区根据自身远离青岛母城的实际，对"三为主、一致力"的办区方针进行了创新和充实。

首先认为开发区不能搞单一型的工业区，明确提出开发区要向现代化的国际性的新城区方向发展，建设一个功能齐全、经济社会协调发展的新城区。

围绕开发区的发展定位，青岛开发区组织了数次大规模的讨论，其中 1998 年牵头召集了全国国家级开发区的负责同志，举办了"建设特区式开发区"的大型研讨会活动，提出开发区要走"特区式开发区"的道路，确立了"体制创新、产业升级、扩大开放"的总体工作思路，从而进一步统一了思想，初步回答了开发区将何去何从的重大问题。

其次，在体制安排上，青岛开发区逐步建立起一个与市场经济要求相适应、与国际惯例相接轨的新型政府运行机制，即与一般行政区相区别、精简高效的新型政府管理体制。完成了区直企业改制，推动了政企分开、政事分开，特别是始于 1992 年终于 1994 年的两区体制合一，开了全国沿海城市把经济区与行政区融为一体的先河，标志着新区进入了新阶段，为推进新区的可持续发展提供了强劲动力。

两区体制合一后，青岛开发区由起步的15平方公里扩展为220平方公里，发展空间严重不足的问题得到缓解，也使两区整体区域空间上的合理布局成为可能。

两区体制合一后，青岛开发区于1996年完成了区域总体规划布局的调整，将开发区和黄岛区共同管辖的220平方公里的区域规划为六大功能区，包括石化工业区、国际商贸仓储加工区、临港工业区、高效农业区、行政商务中心区、综合旅游区。

在行政运行成本上，两区体制合一前，两区之间的利益取向有很大的差异，很多社会事务难以协调，司法管辖、公交线路断档等问题冲突不断，造成内耗非常严重。

同时，由于对土地、港口、旅游等资源的分割，造成区内新进大项目难以合理安排，使得开发区的开放资源和功能优势、黄岛区的区位和港口等资源优势都不能得到集约化利用，这对两区的发展都有着极为不利的影响。

两区体制合一后，减少了区域摩擦，提高了行政效率，使两区优势得以有机结合，拓展了开放空间，增强了开放活力，整个新区已经初步成为一个以外向型经济为主、功能相对完善的区域，具有一般开发区和行政区不可比拟的特殊优势，为建设现代化国际新城区创造了必要条件。

当然,"兴一利,必添一弊"。客观地说,两区体制合一也带来了一些弊端。

在当时的大发展背景下,由于两区体制合一而造成的磨合期和众多社会事务的羁绊,以及新旧观念的严重冲突,使青岛开发区在一定程度上削弱和转移了抓招商引资和项目建设的精力和视野,导致机遇有所丧失。

此外,还造成了开发区的开发开放功能相对弱化、向旧体制小步复归的问题。如:为适应两区体制合一的新体制,青岛开发区的黄岛区套搬了一般行政区的一些做法,设置了相对庞大的人大、政协机构,而没有研究探索中间体制精简设置,为后来日益加深的"体制复归"问题埋下了铺垫;机构有所膨胀,加大物质奖励激励机制建设的力度相对困难,人员素质优势不如原来明显,衙门作风开始萌生,服务意识相对薄弱,层层收费、办事手续繁杂的不良现象开始出现,行政效率有所降低;区域面积扩大,财力分散,环境建设资金不足的问题等。

但是,这些弊端和问题并没有从根本上影响开发区的发展,也没有突破开发区"小政府、大社会"的体制格局。相反的,通过不断推进体制、机制的创新,由形式上合一走向内涵式的"合金"。

2001年3月,青岛开发区由孤军建区转入举全市之力"兴城"的新阶段。

其标志性事件,一是青岛老港外贸集装箱业务及其他大宗进出口海运业务完成了向青岛开发区前湾新港的转移。

二是从2001年3月到2002年8月，青岛市委、市政府通过在开发区召开两次现场办公会议，再一次明确地作出了"挺进西海岸、构建青岛新经济重心"的重大战略决策，标志着青岛开发区的发展进入了新的历史里程，预示着青岛开发区迎来了由建区到兴城的重大转折。

由于思想得到进一步解放、体制得到进一步创新、机制得到进一步优化以及青岛经济发展重心的西移，所有这些内外动力推动了青岛开发区经济社会以前所未有的速度超常规、跨越式发展。

2003年，全区实际利用外资完成7.99亿美元，是1999年的3.6倍；完成生产总值212亿元，是1999年的3.26倍。

截至2003年底，在全国首批14个沿海开发区中，全区生产总值由1994年的第七位升至2003年的第四位，地方财政收入由第八位升至第四位，实际利用外资由第六位升至全国国家级开发区第一位，固定资产投资由1994年的第六位升至2003年的第二位。

大连将开发区定位在新市区

1984年9月25日，经国务院批准，大连经济技术开发区正式成立。

这是第一个国家级经济技术开发区，是享有沿海经济技术开发区优惠政策，并实行与国际惯例接轨的新型管理体制的经济区域。

大连市政府在开发区设立管理委员会，代表市人民政府对开发区工作实行统一领导和管理。大连开发区依靠1000万元财政贷款和2.3亿元开发性贷款起步。

事实上，大连在1980年就提出要建设开发区。

1980年，中央在南方沿海创建了深圳、珠海等4个经济特区，这在辽宁引起了强烈反响。

当时辽宁省委第一书记任仲夷就向大连市委提出了一个问题："南方建设特区，大连怎么办？是不是也可以要求建设特区？有没有条件建设特区？"

1980年8月11日，谷牧来到大连，时任大连市市长的崔荣汉向谷牧提出："北方是否也可以建设一个或几个特区？大连基础比较雄厚，如果建立类似深圳的特区，将会带动整个东北地区的改革开放和经济发展。"

谷牧很严肃地说："我问你们：第一，什么叫特区？第二，大连为什么要建特区？第三，大连有什么条件建特区？"

实际上，谷牧的严肃别有深意，在当时的环境下，中央决定在深圳等地建设特区，还在观察它的作用、效果，也就是一种"摸着石头过河"的试验。

谷牧说："对于建特区，我们党还没有成熟的经验，尤其是对可能带来的资本主义腐朽思想，我们还缺乏准备，而且对办特区，意见也不完全一致，所以只能先开几个城市作为试验田。"

虽然未能破冰，但是大连却在有意关注着开发区的未来。1984年邓小平南方谈话让大连人看到了希望，并采取了积极的行动。

同年3月24日，崔荣汉率人到北京怀仁堂向中央汇报大连准备建立经济开发区的事情。

大连的开发区将要建在哪里？一时间人们议论纷纷，这时，名不见经传的渔村马桥子走进了人们的视野。

马桥子东临大窑湾港，南濒大连湾，港口优势十分明显。虽然它离大连市区27公里，比许多其他的开发区的选址都要离市区远，但显然"以港兴区"和对东北腹地的牵动作用成了选址时考虑的重点，依托"城市"这座平台，会把开发区的经济效益和社会效益拓展到最大，正因为如此，大连开发区从一开始的规划就不是一个简单的工业园区和加工区，而完全是一个新市区的定位。

1984年8月15日，国务院的三位副总理万里、谷牧和李鹏来到大连开发区视察工作。

在长岭山上，万里在观看了整个开发区的蓝图后称赞说："这个地址选得好。"

谷牧同志接着说："这里离铁路、公路、港口、机场、水源、电源都不远，交通方便，风景优美，是建设开发区的好地方。"

同年10月，开发区总体规划初步完成后，《大连日报》报道《你能想象得到三年后的开发区么》，文中描写了未来的工业区、生活区、滨海公园等美景。当时的一些读者在看后说："真能吹。"

10月15日，在邓小平的对外开放思想的指引下，一群拓荒者来到了名不见经传的小渔村，在两平方公里的土地上播下了现代文明的种子。

大连开发区的规划和建设者在开发建设伊始，就坚持"三为主、一致力"的方针，把开发区作为一个新兴城市来规划，作为现代化新市区来建设，坚持走工业化、产业化带动城市化的道路。

金马路的建设，标志着大连开发区开始从美好的蓝图一步步变为现实。

金马路的修建开始于1984年年底。当时，来自日本、美国、澳大利亚、新加坡及中国香港地区的专家提出作为城市主干道，金马路的控制红线宽度最好设计为100米。

与此同时，大连市政府公布大连经济技术开发区"若干优惠待遇的规定""企业登记管理办法""涉外经济合同管理办法""劳动工资管理办法""土地使用管理办法"等,这是全国首次以地方法规形式公布的开发区管理文件。

在开发区至今还流传着最初建设的趣闻。

1984年10月28日,日本前外相、日本内外政策研究会会长大来佐武郎率考察团来大连访问。

期间,外相的夫人说要去"卫生间",但在当时的开发区,哪有卫生间可言?翻译无奈,只能把外相夫人领到旱厕,夫人掩鼻而退。

在国际友人面前的尴尬,使崔荣汉下决心修建一流的宾馆和写字楼。

崔荣汉说:"有了一流的宾馆和写字楼,外商才相信我们是真干,他们来到这里有住的地方,有办公的地方,才有可能来投资,这就是梧桐树啊。"

那时,人们总结出一套外商来考察投资环境的顺口溜是"一问电话二问路,三问水电四问住"。

大连开发区的发展路程的确不是一帆风顺的。

1985年,由于经济过热,国家不得不采取宏观调控政策,包括要求控制基本建设项目等。

似乎一股倒春寒扑面而来,更为严峻的是,大连开发区最初高起点的基础建设,使开工第一年就投入了两亿元的建设资金。

国务院特区办的一位领导在视察后严厉批评了大连,随后国务院特区办还下发了一个通报,没有指名地批评了大连开发区。

通报下来之后,大连经济技术开发区开发建设公司经理范永昌的嗓子一下子就哑了,布置工作时要靠手势和笔纸才能进行。

不仅如此,当时在大连市部分干部中,同样存在着类似的批评意见。

在随后的日子里,大连经济技术开发区在全国不断滑落,先后被天津、苏州等开发区超过,曾经的"神州第一开发区"只能看着追赶者远去的身影自怨自艾。

最后落户到天津的摩托罗拉以及三星,最开始都是属于大连经济技术开发区的,由于国家产业布局以及自身认识等问题,大连开发区最终与世界两大巨头企业擦肩而过。

如同分娩,阵痛之后就是一个崭新的生命。

有了开发区,就要谈到外商来华投资,也就不得不谈到日资企业。

日本是从20世纪80年代初开始对华投资的,中国第一家日本独资企业就是落户在大连开发区万宝至马达(大连)有限公司。

1987年,已经是大连开发区管委会副主任的范永昌赴日本招商,其中拜访的一个企业就是占据微型电机马达世界一半产量的万宝至马达。

当时,与大连竞争的还有上海和天津两地。当万宝至马达负责考察投资环境的西村祥二考察过三地之后,认为大连建厂的优势比较多。

大连经济技术开发区新闻中心主任王国栋至今还记得西村祥二所说的大连优势,他回忆说:

> 一是大连市政府、开发区管委会热忱欢迎万宝至到大连投资,因此前去投资之后好联系,易办事;二是大连会日语的人多,为公司的发展打下了人才基础;三是大连能够吃到生鱼片。

同年6月,万宝至投资49亿日元在大连开发区建设一座年产1.4亿马达的分厂。

1991年3月,经国家批准,大连开发区建立首批国家级的高新技术产业园区。

截至1996年底,园区累计注册企业1240家,认定高新技术企业309家,成立三资企业184家,实现协议外资额2.9亿美元,多数企业获得了满意的经济效益。围绕电子信息、机电一体化、新材料、生物工程、高效节能与环保等重点高新技术领域,园区累计引进基地产业化项目60余项,项目累计投资近30亿元。

1995年6月,《大连高新技术产业园区管理条例》颁布实施,使园区发展步入法制化建设轨道,拥有了更加优越的投资环境。

广州开发区办出特色

1984年4月26日,中共广州市委决定成立广州市经济技术开发区筹备小组,时任广州市委副书记的朱森林兼任组长。

开发区选在黄埔区东缘、珠江和东江干流交汇处,确立了南围综合区、港前工业区、东基工业区、西基工业区、北围工业区和云埔东区等6个小区。

1984年6月8日,谷牧在中共广东省委第一书记任仲夷以及朱森林陪同下,到黄埔区东缘实地勘察开发区选址。

谷牧听完汇报后,来到横滘河桥上,边看规划图纸边看地形地貌。

谷牧问:"你们怎么设岗?"

当时大家不知道怎么回答,因为初时曾有对开发区范围内搞全封闭的想法,但这里三面环水,大家都不知道怎么办。

这时许士杰回答说:"我们已有考虑,准备在桥上设岗。另外,这里三面环水,在水里也准备设防。"

谷牧同时指出:

广州开发区不能再搞一般的引进加工业,

而要搞技术密集型、知识密集型的工业。

…………

广州经济技术开发区的地点，选得还可以，不过不要急于求成，全面铺开，要一小块一小块地搞。

6月11日至12日，区筹备小组开会研究确定将第一期引进的111个工业项目，报广州市引进外资引进技术审批小组审批。

6月19日，中共广州市委、广州市人民政府决定成立广州市经济技术开发区管理委员会，简称区管委，进行开发区的具体规划、建设管理工作。

6月23日，区管委召开研究草拟《广州经济技术开发区暂行条例》等7个规章工作会议。

7月23日至24日，广东省人民政府召开会议专题审议《广州市技术改造规划》及《广州市经济技术开发区规划》，同意上报国务院，并要求广州市继续为规划的实施做好各项前期工作。

同时，区管委制订出《广州市经济技术开发区规划大纲》。开发区规划范围东到黄埔后便涌，南到珠江和东江河，西至乌涌，北至广深公路，加上大蚝洲岛，总面积约58平方公里。

9月18日，国务院批复广东省人民政府《关于上报广州市总体规划的报告》，同意广州市城市总体规划，要求把控制市区人口规模与城市布局的调整、发展与开辟开发区相结合，同时认真搞好开发区的规划和建设工作。

9月，开发区派出代表参加广州市经济贸易代表团在香港举行的广州市经济技术合作项目洽谈会。会上开发区代表直接与34家客商洽谈，签订了6项意向书和一项协议。

12月5日，国务院批复广东省人民政府《关于做好广州市对外开放工作的报告》，同意广州市在抓好老企业技术改造的同时，有计划、有步骤地兴办经济技术开发区，位置定在黄埔区东缘，总面积9.6平方公里，首期开发面积为2.6平方公里。

12月28日，区管委在港前工业区举行开发区奠基典礼，参加典礼的广东省、广州部队、广州市的领导，有关部门的负责人，港澳知名人士以及美国、日本、新加坡等地的中外来宾共3000多人。

时任电子工业部部长的江泽民参加了典礼活动。中共广东省委书记林若、广州市市长叶选平在典礼上讲话，朱森林介绍开发区的筹建情况。

开发区筹备和建设的初期，地域偏、环境苦，政策、资金来源、人才、技术都是必须要解决的问题。

朱森林后来回忆说：

曾经有这么一个文学的形象说法，就是说我拎着几个公章，带着几个人，就到开发区白手起家了。

开发区基本上是参照经济特区的模式,有较大的自主权。"正局级干部市里批,副局级干部开发区管委会批,政策相当于特区的政策"。

当时的广东省省长梁灵光也很重视,省政府专门拨款 3000 万元作为开发资金,不能作其他用途。这让开发区从无到有快速地发展起来。

后来,各省凡是搞开发区的人到广州开会,都很羡慕:"广东省政府真是支持开发区建设。"

政策、资金的保证吸引了大量企业进驻,刚成立不久,开发区的经济就已经占到全市的五分之一。

广州开发区从实际出发,依托"母城",发展非常顺利,办出了广州的特色。

1986 年 12 月 16 日,谷牧又一次来到广州开发区,提出了更高的要求:

> 开发区加快开发建设步伐,在形成小气候方面走在全国前列,在全国开发区建设中先走一步。

这一次,谷牧还为开发区题了词:

> 在改革开放中创造未来

开发区从无到有、从小到大，称得上是广州当时飞跃发展的一个缩影。

1980年，广州经济实力综合指数在全国十大城市中排第六，居中下水平。

1987年，担任市委书记的朱森林提了一个内部做工作、对外不宣传的口号："超天津"。

这个目标最终得以实现。1990年，广州综合实力跃居第三位，仅次于北京、上海。

广州开发区较早进行了土地使用制度改革，变行政划拨土地为有偿有限期使用土地，进行了土地向外商转让和成片开发的探索。

开发区管委会于1988年1月成立土地使用权有偿出让招（评）标委员会，有关土地招标出让的重大问题均经该委员会集体讨论。

同年2月5日，该委员会发出第一块土地公开招标通告。先后有12家企业报名参加投标。这块两年前划拨出去而一直被丢荒的土地，通过有偿出让回收资金400.4万元。

12月19日，开发区管委会与香港两家公司签订合同，出让两块标准厂房用地和一块商住用地，首次向外商出让土地使用权。

1990年，开发区首次办理外商包片开发土地，面积26.01万平方米，地价6762万元人民币。

1991年，广州市政府下发了《关于广州市经济技术开发区进一步扩大改革开放的决定》，对广州开发区的经济发展提出了新的要求，为广州开发区深化改革，扩大开放指明了方向。

1992年，通过学习邓小平南方视察重要谈话和"十四大"精神，广州开发区联系实际，制定了《关于进一步深化改革，扩大开放若干问题的决定》，提出了辟建保税区、开工业区，深化改革，加强廉政建设和精神文明建设等15条意见，使广州开发区改革开放事业迈开了更大的步伐。

从1991年至1995年，广州开发区以"三个有利于"作为一切工作的出发点和归宿，紧紧围绕经济建设这一中心，进一步解放思想，使广州开发区在更广阔的领域内参与国际经济技术合作，在深化改革、扩大开放方面跃上了一个新台阶。

一方面，广州开发区集中人财物力，加快了区域开发建设步伐，成功地辟建了广州保税区，启动了东区、永和经济区等新区的开发建设。经过广东省政府批准，东区、永和经济区由广州开发区统一开发和管理。经过广州市政府批准，广州市台商投资区设在永和经济区内。

通过区域空间的整合和拓展，为外资大规模投入和广州开发区下一步发展储备了大量的土地资源。

另一方面，广州开发区按照"精简、高效、统一"的原则，加快了党委、管委会机关的职能转变和机构改革。在经济体制改革方面，结合党的十四届五中全会提出的经济体制和经济增长的两个根本性转变的要求，广州开发区积极推进了国有企业改革。

与此同时，广州开发区法制建设得到稳步推进，完成了《广州经济技术开发区条例》的修改，适应了经济发展要求，对各类规范性文件进行了清理、修改和完善。

从1991年至1995年，广州开发区累计完成固定资产投资92.42亿元。

区域经济获得了大幅度的增长，其中，1995年广州开发区工业总产值突破100亿元，达到140亿元，比1994年增长了103.83%。

温州自费开建出口工业区

1984年初,温州被国务院确定为全国14个对外开放的城市之一。当时,凡列入对外开放的城市,国务院都允许批准建一个国家级经济技术开发区。

这一次的开放,用时任温州市委书记袁芳烈的话说,"大大鼓舞了干部和群众的积极性"。

1984年4月6日,14个开放城市名单出炉。温州排名第十三,在北海前面。

5月4日,国务院发出《沿海部分城市座谈会纪要》通知。随即,"取经"心切的温州市委、市政府领导,兵分两路,南下厦门和香港。

厦门"取经"团由市长卢声亮带队,有近20个部门20多人随行,行程5天。

那时,厦门除了已有的鹰厦铁路外,还在建高崎机场、5万吨级的东渡码头、湖里工业区,并兴办大学。

卢声亮后来回忆说:

> 取回的两条"经":一是要搞好基础设施建设;二是要做好外引内联工作。

温州市委、市政府随即达成共识:

温州也要建机场、修铁路、造码头、设开发区、办大学。

此后,温州市委、市政府建立了对外开放委员会,编制了《关于温州市进一步对外开放规划》,报浙江省委、省政府转报党中央、国务院批准。

4月至5月,在温州视察的谷牧提了许多建议,他还对温州的干部半开玩笑半认真地说:"外国人有个习惯,每天都要与太太通电话,温州如果连电话都打不出去,外商就不会来了。"

一年后,当时最为先进的日产程控电话被顺利引进,并在全省较早开通。

改变交通条件也是当务之急,但在当时的计划经济条件下,必须要争取国家立项。

卢声亮以其全国人大代表的身份,在1984年5月的六届全国人大二次会议上,不仅与温州和台州的代表一起向大会提出改善交通环境的议案,还一一拜访了中国民航局、铁道部的相关领导。

时任中国民航局局长的沈图、铁道部部长的陈璞如十分关注温州。

沈图欣然同意温州建机场的计划,表示民航局出资2000万元。

陈璞如提出了一个资金由部里、省里、温金丽地区三家分摊的方案。

当时，浙江省委书记王芳亲自到设定的金温铁路沿线勘察，省政府也迅速向国家计委正式上报了项目建议书。

1984年下半年，铁道部勘察设计队伍进驻温州。1985年冬，金温铁路全线初步设计完成。

与此同时，中国民航局也派人会同温州进行机场选址等工作……

"死（水）路一条"的温州交通命运，在1984年出现了重大转折。

接下来，温州市领导决心在中央尚未批准温州建设开发区前，先期铺开准备工作，打好基础。

于是，1984年12月27日，温州市委就以最快的速度，宣布成立了一个龙湾区，区划面积确定为61平方公里。

时任市委宣传部部长仅半年多时间的孙成堪便被"点将"，走马上任龙湾区第一任区委书记。

一批年轻干部也从全市各地拥向龙湾，肩负起温州新一轮对外开放、经济开发的重任。

正在这时，令人意想不到的情况出现了。

1985年春天，一份盖着国务院鲜红大印的批复文件从北京飞来："由于主客观原因，近期内（龙湾）经济技术开发区不宜动工。"

这个"不宜动工"意味着向国家要政策、要贷款的期望统统成为泡影。

是就此偃旗息鼓，顺势而下打马回营，还是不违初衷，破釜沉舟，继续坚持走对外开放的路子？

"这是一个最重大、最艰难的决策！"孙成堪后来说。

在这时候，温州市委、市政府提出先自费办开发区，定名为"龙湾出口工业区"，以便为今后国家级经济技术开发区的正式批建打好基础。

龙湾区内的领导干部，也没有考虑个人利益，坚持选择了走对外开放的路子，走上了艰辛的自费开发之路。

1987年，经浙江省政府批准，龙湾出口工业区"自费"开建，并根据温州自身特点提出了"外靠华侨，内靠能人"的方针，对外先引进华侨资金开路，对内能干的民营企业家也可进入出口工业区办厂。

在随后的3年内，龙湾出口工业区共吸引了米莉莎、达得利、威斯康等温州最早的一批外向型企业。

1990年，随着温州永强机场的通航，来温考察访问的各方人士骤增，这为温州争取开发区审批创造了有利条件。

1992年春天，邓小平南方谈话发表后，国务院批准了温州建立经济技术开发区的申请，规划面积5.11平方公里。

同时，为适应进一步对外开放的需要，温州经济技术开发区的管理体制与龙湾行政区分开，实行"小政府、大社会"的管理委员会体制，下设经济发展部、企业管理部、规划建设、政策研究室等7个职能部门。

同年9月,浙江省人大常委会通过了《温州经济技术开发区条例》。

一扇对外开放、放眼全球的窗口就此打开。

开放的窗口打开了,但招外商、引外资的"洋务运动"却并不像想象中那么容易。

开发区招商局局长宋金理后来回忆说:

> 开发区是新生事物,招商渠道不多,知名度不高,与外商合作的经验不足。

在当时,第一批进驻园区的外资企业就只有达得利箱包、威斯康、米莉莎等20多家;而所谓的外资,也大都是以温州的侨资为主,且90%是温州传统的服装、鞋革、箱包等传统产业。

面对如此困境,开发区的决策者有了新的想法:"何不转变做法,先把温州的民营企业发展壮大起来,再走出去,以民引外,民外合璧。"

20世纪八九十年代的温州企业处在典型的"作坊时代",村村冒烟,户户冒火。

邓小平南方谈话后,这种以"温州模式"声名远播的个体企业有了阳光雨露,急需肥沃的土壤,而开发区正好给了这样一个平台。

这时候,作为温州市经济发展最具活力的一个增长极,开发区充当起国际信息的传递者,先进技术的试验田,现代企业管理改革的催化剂。一大批温州本土企业在开发区的培育下壮大起来,向着具备国际视野的"跨国时代"现代化企业迈进。

人本、庄吉等集团就是其中率先跳出"作坊式""家族式"企业窠臼的样板。

人本集团的前身是温州小型轴承厂,是一个典型的"作坊式"企业,蜗居在乐清10多平方米的平房里,几名股东倾其所有投身技改,试图与国外轴承"大鳄"一较高下。

开发区建区之初,就引进该企业几百万的贷款扶持技术上难题的攻关。

仅仅过了两年,人本生产的高精密度、无噪声的小型轴承,打破进口产品一统天下的格局。

从1998年开始,逐渐壮大的人本轴承,大举兼并国内老牌轴承国企。

2001年,人本放眼国际市场,在美国芝加哥设立轴承分公司,把产品送进了通用汽车的车间。

2003年,日本大阪的轴承分厂设立。2006年,人本生产的轴承已经挤走一半的"老外",占领了国内高端小型轴承市场的一半份额。一个年产值不足百万的作坊企业,仅仅用了17年不到的时间,就完成了向"跨国时代"的完美蝶变。

1993年,庄吉服装有限公司进驻刚起步的温州开发区。1996年，庄吉联合10余家企业组建庄吉集团，率先跳出了温州家族企业的窠臼，并逐步把主产服装先打进了国际市场，在世界时尚之都意大利米兰设立了产品研发中心，率全国之先，把温州生产的服装搬上米兰时装周的秀场。

此后，庄吉运用品牌进行延伸，并成功实施跨越行业、跨地区的发展战略，走上了船舶建造、有色金属开采、房地产开发等多元化发展之路。

筑得鸾巢引凤来。实践证明，开发区当初走的"以民引外，民外合璧"的温州特色路子是正确的。

截至2007年底，开发区共引进项目1079个，全区实现工业总产值307亿元，全区超亿元企业达到75家。其中，外资项目316个，总投资24.47亿美元；在2007年引进的17个外资项目中，其中的12个便是"民外合璧"的好项目。

尤其是在大项目招商上有了新突破，先后引进了美国可口可乐、易初莲花、百安居、日本富士公司等世界500强企业入园。

"好风凭借力，送我上青云。"进入21世纪以来，在传统产业逐渐失去竞争优势、土地资源瓶颈又凸显的时期，如何引导温州民企凭借高科技力量，实现从注重规模效益向注重质量效益转型升级，则成了温州开发区首先要考虑的问题。

农民种地要讲亩产效益，"耕作"开发区这块地，也要算好这笔账。

龙湾园区 5.11 平方公里的土地很快就满足不了新项目的落地。在土地紧缺的情况下，2000 年，浙江省批准设立规模为 20 平方公里的开发区滨海园区，作为承接温州市产业"退二进三"转移。

为了利用好这块地，开发区管理者除了严格把关项目产业符合度外，还设立了严格的"亩产"标准，目的是不仅提高工业用地集约化，还能推动产业集聚和升级。

项目把关强化后，区管委的招商思路从"引资"转变为"选资"，逐步把目光瞄准到投资强度大、实力强、科技含量高、产品开发能力强的企业和项目，重点突出了对高新技术产业和新兴产业项目的招商。

引进这些高新技术和新兴产业后，等于在产业布局上建起了"主干道"，等产业发展壮大了，再延伸下去，拉长产业链，大大增强了开发区的发展后劲。而针对老区已经入园的传统企业，也不是温和地进行改良，而是引导企业大胆改革创新，逐渐走出了一条新路子。

秦皇岛不断扩大开发区域

1984年10月27日，经国务院批准，在秦皇岛市区大小汤河之间，规划1.9平方公里的土地，设立秦皇岛经济技术开发区。

秦皇岛开发区建区初期，谷牧曾八次亲临秦皇岛，为开发区的选址、总体规划和建设倾入了巨大心血。

1984年6月30日，为建立秦皇岛经济技术开发区，谷牧专程到秦皇岛对拟议中的秦皇岛火车站北面的秦皇岛开发区选址进行实地考察。这是谷牧对秦皇岛开发区的第一次视察。

8月20日，谷牧和国务院副总理万里在北戴河召集河北省和秦皇岛市领导，就建立秦皇岛开发区作了具体指示，建议将区址选在海港区大小汤河之间。

经相关部门调研，10月27日国务院特区办下文，确定秦皇岛开发区区址设在大小汤河之间这一方案。

于是，在谷牧精心策划和热心指导下，秦皇岛开发区落土扎根，铺展开了第一页蓝图。

在一片瓦砾、满目荒滩之间，第一批"开发区人"秉承着"要把开发区建成改革开放的试验区和高科技的示范区，在对外开放事业中发挥带动和辐射作用"的历史使命，唤醒了这片沉寂、荒芜已久的土地。

万事开头难。

由于时代局限，当时的人们对于特区、开发区这样的新生事物尚有许多争议，不少人采取敬而远之的态度。

1985年4月25日，开发区建设拉开序幕。

开发区举行开工典礼时，许多本应到场的领导没有来，有的人甚至对开工典礼横加指责。

开工典礼举行过了，可是没有项目可干。

这时，大连市政府提供了一个正在洽谈的澳大利亚邦迪管项目的信息。

时任秦皇岛市城建局局长的张烈军与王广琪等人以自己的诚意和智慧，经过长达数月的漫长谈判，将这个注册资本近300万美元的秦皇岛华燕邦迪制管公司引进秦皇岛开发区，成为开发区第一个外资项目。

这是开发区具有历史意义的重大事件，他们终于实现了"零的突破"！

创业艰难百战多。开发区建立之初，在原白塔岭建设开发公司的基础上开始工作，由张烈军任经理。1985年11月，更名为秦皇岛经济技术开发区建设公司。

开始时，人员只有七八个。有的还是借来的，实际是持观望态度的人。他们对开发区能否办起来心存疑虑，办不成就打道回府。

资金呢，只有贷来的0.93亿元。办公室是简陋的临时建筑。

开发区人"干在旷野、吃在工棚、住在临建"，在开发区范围内确定了 0.62 平方公里的起步区，他们栉风沐雨，起早贪黑，完成了"七通一平"，还从河水浸漫的河滩多整理出了 40 亩土地，将一个个内资、外资项目引进开发区。

开发区的创业者就是在这样的背景下、这样的环境中踏上了自己的创业之路。

1986 年 8 月 20 日上午，谷牧第二次到秦皇岛开发区视察，对秦皇岛开发区的建设速度表示满意。

谷牧指出：

> 我们搞秦皇岛开发区的目的一定要明确，其意义主要有两条：一是在老秦皇岛市区搞合资企业有诸多不便，各方面条件都不具备，主要是地下设备不配套，结果还不如新搞秦皇岛开发区省钱；二是搞秦皇岛开发区便于集中管理。秦皇岛开发区的面积不要搞得太大，一定要充分利用，宣传上要实事求是。

开发区的决策者们审时度势，在宏观战略规划中，明确提出了汽车零部件产业的发展规划。

在招商引资与项目建设中，始终把这一产业的发展作为重中之重，确立了以引进大企业、主导产业项目、龙头项目和产业链项目为主的思路，引进了一批对汽车零部件产业有带动作用的大项目。

1985年，英国TI汽车系统在华建立的独资企业邦迪管路系统有限公司落户秦皇岛开发区，开创了秦皇岛汽车零部件产业发展的先河。

公司依托开发区的良好投资环境和当时国家赋予外资企业的各项优惠政策，不断引进、研发各种先进技术，使企业的发展驶上了快车道。

1987年，邦迪公司生产的双层卷焊管，填补了国内市场的空白，成为开发区外资企业的"领头羊"之一。

戴卡轮毂制造有限公司建于1988年，是中国大陆第一家也是最大的一家汽车铝合金车轮毂专业生产厂家。公司引进国际先进的技术和生产检测设备，采用德国、美国、日本等国的技术标准生产铝合金车轮毂。其产品除供应上海大众、一汽大众等国内主要厂家外，还远销欧洲、美国和加拿大等多个国家和地区。

该企业的落户使开发区高档次车轮毂的生产得到迅速扩张，在全国独占鳌头。

为扶持汽车零部件企业的发展，开发区建立了专项扶持基金，用于降低和弥补企业建设和运行过程中的土地、物流、研发、金融成本以及水、电、气、暖等价格调整引起的成本负担，帮助企业实现规模扩张，保持快速、健康发展。

1990年8月15日，谷牧同志虽已年过古稀，但对中国经济技术开发工作依然十分关注，他以全国政协副主席的身份第四次视察秦皇岛开发区。

此时，秦皇岛开发区已基本完成一期土地开发，且摆满了项目，国内生产总值已达4150万元。

谷牧说：

> 对外开放虽然搞了几年，但对我们还是个新课题。要打破旧框框，进一步放宽政策，胆子要大一点，步子要快一点。现在中国很多地方虽然对外开放了，但还是沿袭老管理方法。各方面不要限制得太死，才能加快发展步伐。

到1991年8月，经过6年的开发建设，开发区企业已达123家，工业总产值达20765万元，原规划面积已不适应发展的需要。

1992年初，邓小平南方谈话的发表，像和煦的春风唤醒了神州大地，打消了人们"姓社姓资"的疑虑，给中国的改革开放注入了快速发展的活力。

到1992年，秦皇岛开发区原有的1.9平方公里的区域已经不能适应改革开放的形势需要，开发区向上级呈报了扩大区域面积的请示。

1992年夏，时任国务院总理的李鹏来秦皇岛开发区视察，为开发区带来了第一次扩区开发的机遇。

根据秦皇岛开发区发展建设的良好态势，1992年底，国务院批准秦皇岛经济技术开发区实施扩区。

原属海港区、抚宁县的孟营、前进等6个村的土地、

6000余名农村人口划归开发区，总面积为10平方公里。

针对农村的各项管理工作，1993年7月11日，秦皇岛市委、市政府批准开发区设立农村工作管理局。

项目开发占地，村民不支持，村干部也有顾虑，不愿做工作。

在六村党员干部会上，当时任扩区工作总指挥的胡英杰掷地有声的一番话使村干部们汗颜："你们当年入党想的是什么？宣誓时说的是什么？是不是只想占便宜？如果你们只想占便宜，那还入党干什么！"

在当时条件极其艰苦的情况下，农村工作局干部员工以无怨无悔的奉献精神，换来了六村群众的支持和理解，换来了农村社会的祥和稳定，换来了项目开发的顺利进行，也在开发区历史上树起了第一次扩区的里程碑。

同年8月24日上午，全国政协副主席谷牧第七次视察秦皇岛开发区。

谷牧勉励秦皇岛开发区一定要抓住机遇，加快二期开发建设速度，加大秦皇岛开发区招商引资力度，把秦皇岛开发区的建设搞得越来越好，真正成为秦皇岛市对外开放的"窗口"。

谷牧还兴致勃勃地参观了新落成的秦皇岛开发区东方娱乐城。

谷牧参观后满意地说："外商千里迢迢来这里投资办企业，一定要关心他们的生活。"

谷牧还冒着炎热详细察看了生产轿车的全过程，鼓励秦皇岛开发区要选好项目，多上一些高新技术项目。他还同轿车厂的工人师傅热情交谈，勉励他们把好技术关，多生产高质量产品，为国争光。

1994年8月19日，谷牧不顾年届80高龄，冒酷暑再次视察了秦皇岛开发区。这是谷牧第八次视察秦皇岛开发区。

在视察中，谷牧就秦皇岛开发区扩大建设规模发表了自己的意见："希望秦皇岛开发区能吸引大客户、大财团来秦皇岛开发区投资兴业，要充分利用距离京津地区近、位于华北经济区内和临港的优势，进一步加快开放步伐，壮大经济实力。"

谷牧还实地视察了秦皇岛开发区的扩区工程。

秦皇岛开发区进入了快速发展的阶段，中共秦皇岛市委、市政府调整了开发区领导班子。正如俗话所说，天时、地利、人和兼备，开发区大发展的机遇来了！

秦皇岛开发区的快速发展是从扩区工程开始的。1994年3月15日，扩区工程指挥部成立，胡英杰任总指挥。3月24日，扩区工程誓师动员大会召开。

会址选设在孟营村东侧的一片庄稼空地，在这里搭起了一个简易主席台。十几支施工大军和扩区工程的建设者们，以及孟营、孙庄、前进、吴庄、大白庙、小白庙的村干部、村民代表们，从四面八方云集而来……台下人山人海，红旗林立。

大会之后，轰轰烈烈的扩区工程开始了。

工地上没有工棚。胡英杰和大家就在野地里顶着日晒，冒着风雨，跑来跑去地工作。

开发区建设者们全被晒黑了，有的还被晒得起了水疱、脱了一层皮，满脸黝黑铿亮。

开发区的决策者们不仅要战天斗地，顶风冒雨，还要做失地农民的思想工作，化解他们的情绪甚至个别人的刁难。征地、拆迁、补偿、安置，头绪纷繁，矛盾重重。

祥和稳定的社会环境是经济发展的必要条件。伴随着一个个大型项目的落地、开花、结果，秦皇岛开发区已初步形成了以大型企业为支柱的高新技术产业群。

秦皇岛开发区人依靠党和政府的政策，依靠自己的钢铁意志和过人智慧，胜利完成了扩区工程，使开发区的面积达到了8.1平方公里，为后来的发展准备了广阔的平台。

连云港成为开发区后起之秀

1984 年 12 月 19 日，国务院下发了《国务院关于南通、连云港两市进一步对外开放的批复》。

批复中指出："连云港要利用地理优势，发展与沿陇海线铁路各省的经济技术协作，为腹地的经济发展服务"，并且"可以有准备地逐步兴办经济开发区"，目标是将连云港、南通建成"华东地区新兴的工业、外贸港口城市"。

事实上，在 1984 年早些时候，国务院已经批准 12 个沿海城市为开放城市，其中没有连云港和南通。

时任江苏省省长的顾秀莲亲赴北京，面见总理，请求将连云港和南通划为开放城市。

经顾秀莲四处奔走，中央终于首肯。从北京回到南京的当晚，顾秀莲就通知连云港有关领导，赶紧准备申报材料。

接到通知后，包括市长何仁华在内的连云港干部们既惊喜又手忙脚乱。当时连云港的干部中，没人知道申报材料怎么准备。

当夜，何仁华带上人赶赴山东，去已被批准为沿海开放城市的青岛、烟台取经。

从山东回来后，起草申报材料的工作就交给了时任市政府对外开放领导小组办公室的科长朱振发。

翻开中国地图,连云港的地理位置优势一目了然:陇海线东端起点,海陆、南北过渡的接合部,是陆路和海路的中转枢纽。

但在1984年,连云港还是一个交通闭塞的苏北小城。陇海线当时还只是单轨。干部去省城,司机开着小车得绕经洪泽湖大堤,八九个小时才能到南京。

连云港对外交流少,跟青岛、上海等城市根本不能比。当地干部当时意识到了连云港交通上的闭塞,却无法意识到自己观念上的闭塞。

在开发区的选址上,领导层争论不休。一种意见认为,应该建在靠近新浦宋跳一带,可以利用国家给予开发区的优惠贷款,对老城区进行改造;另一种意见则认为,开发区应建在港口城区,以港口为依托,带动连云港。

开发区最终选择了一个折中的结果,老城区和港口之间、靠近港口的中云台地区的黄九垱。

选址此处还有另外一个重要的原因:"黄九垱远离城区,地广人稀,并且'是一个独立地段,地理界限明确,便于监管'。当时,干部们都以为开发区是要'封闭式管理'的,'必要时得用铁丝网围起来'。"

连云港经济技术开发区的发展历程,被当地干部看成是连云港市改革发展历程的"缩影"。

1985年4月,一辆面包车沿着一条沙石铺就的公路颠簸着开进这片长满苇草的荒地。

车上坐着徐沙，这位来自北京的连云港市常务副市长、市委常委，兼任首任开发区管委会主任。他带领包括朱振发在内的五人领导小组，开创了开发区发展的第一阶段。

开发区设立之初，就有人怀疑："红旗到底能扛多久？"

当时国内也在争论姓"资"姓"社"的问题。在这种争论前，连云港迈出的步子有点犹豫。

国务院批复的连云港经济技术开发区初步规划4.62平方公里，近期规划3平方公里。但在实施时，连云港却保守地将近期规划压缩到0.35平方公里。

1985年5月，谷牧来到连云港，视察开发区。听取汇报后，谷牧说："这个地方很好嘛。"

有了这句话，开发区领导才松了口气。

就在这个月，连云港市科委与北京燕山计算机应用研究中心签订协议，在开发区合资建立连云港计算机应用中心，拉开了开发区项目引进的序幕。

连云港开发区从国家争取到首批4亿多元低息贷款。这第一批国家拨给沿海开发区的低息贷款，连云港却没用完，余下的最后都上缴了。

"当时想的是，这么多钱都是贷款，是借来的，将来拿什么还？所以有点不敢花。"连云港经济技术开发区一位时任官员笑着说。

1985年春夏之交，开发区首任主任徐沙带着一班人马，在这里开始创业。他们每天拿着2.1元的现场施工补贴，工资从原单位领取。不到4年，两万平方米的厂房建起，开发区配套基建基本完成。

1986年8月，邓小平在视察天津经济技术开发区时挥笔题词："开发区大有希望。"

在连云港开发区，干部们也小心翼翼地迈出了开放的步伐。在沿海开发区中，连云港最早提出了"内联打基础、外引上水平、促内转外、内外结合、以外为主"的开发方针。

氨纶厂、中金医药包装公司、熊猫电子音响公司等高科技含量的企业，成为开发区首批进驻的企业。至1989年年底，开发区共批准外引内联项目65个。

然而此时，纪检、法院等部门突然入驻开发区，对开发区账目进行全面审计。

调查缘于一封"人民来信"。写信人举报徐沙有经济问题，如在开发区额外领取补贴，徐沙在北京家里的电话费也拿到开发区报销，等等。

风波一直持续到1992年前后，虽然最终不了了之，徐沙却因此黯然返京。

在开发区被审查的几年间，烟厂、酒厂、饮料厂等一批有的甚至连协议都签好的高利税项目几乎无人督促落实，纷纷落空，剩下新建的空荡荡的厂房搁在开发区里。

开发区领导层"大换血",导致开发区第一阶段的发展至此谢幕。

"改革开放胆子要大一些,敢于试验,不能像小脚女人一样。看准了的,就大胆地试,大胆地闯……"在邓小平发表这番讲话的1992年,中国呈现全方位大开放的格局。

而在连云港,一场行政中心东西之争却愈演愈烈:是依托大港,向海洋发展,还是留守原地,"摊大饼"式建设?

整个20世纪90年代,就在全国其他沿海城市都在大干快上的时候,连云港落后了,失去了第二次发展的机遇。

从地图上看,连云港市的空间分布有些特别,"一根扁担挑两个筐"。"扁担"是23公里长的新港城大道,"筐"是西部的新浦、海州和东部海滨的连云。两"筐"之间是大片的盐田。

在2005年以前,盐田的管辖权属于江苏省。一直以来,连云港被分成两个部分,名为"一市两城",城市中心是距离海边30公里的新浦。

从行政中心新浦、连云到海边,得经过新墟高速公路,需花上近一个小时。

有多少地方想要面向大海建个港口都求不到,而在江苏,也只有连云港有这个先天优势,为何不充分利用呢?

在连云港历任主要干部中，并非没人注意到这个优势。1977年，连云港市委书记金逊就曾考虑连云港向东发展。1984年，市长何仁华也提出向东发展。

1992年和1997年，江苏省政府两次批复市政府东迁的报告。

1992年，江苏省政府批复连云港市政府东迁报告后，市委书记力主东迁，市长持反对态度。

结果，市委书记带着市委一班人马，来到港口的远洋大楼办公，市政府领导班子则坚持留在老城区。

这种市委书记和市长的"双城记"上演了半年多，结局是两人同时接到调令。

1997年，江苏省委、省政府领导在连云港市召开"两会"时，提出将连云港市政府迁移到东部港口城区。

时任市长在政府工作报告中提出，将市政府东迁到港口城区。这一次反对的变成了市委书记。

2000年1月，市长被调离连云港，到山东日照市当市委副书记。

行政中心东西之争，折射出连云港干部们在城市定位与发展方向上的分歧。这种分歧早在开发区选址时，就已露出端倪。

事实上，北京大学和新加坡的专家看了连云港市原来的规划后说，"规划做反了"，主张将港口城区作为中心区。

在遭到连云港的拒绝后，他们在日照市告诫说："不能像连云港市那样,港城建设分离。"于是,日照人将中心区迁到港口城区。

20世纪90年代那次难得的发展机遇,就在连云港一次次的反复争论中与其失之交臂,这是连云港错过的第二个发展机遇。

当时,各国家级开发区也度过了最初的创建和探索期,进入高速增长期。

当时,国内很多地方大力发展民营经济,连云港却还仅靠负债发展国有工业,乡村工业、民营经济一直没做起来。直到2005年,所辖4个县的工业比重才刚刚超过农业。连云港为此付出了沉重的代价。

2003年,时任江苏省委书记的李源潮在连云港市提出了"以工兴港,以港兴市,以市带农"的战略方针,连云港市开始了建设临港工业区和加快东部城区建设的步伐。

2005年,连云港被不足百里远的"小兄弟"日照港超过,且被挤出全国沿海港口前10位。

1984年,日照还是县级建制;1992年,日照生产总值是连云港的三分之二;2004年,日照生产总值超过连云港28.58亿元。

为何被日照超越呢?

日照在建市之初就邀请国家级专业机构对其城市建设进行规划,之后的建设紧贴100公里海岸线构建,实现了滨海城市空间布局的转变。昔日的内陆小城此时已经是一个彻彻底底的海滨城市了。

相比之下，连云港"一市两城"的理念、做法是在新海地区"摊大饼"，离"科学发展、协调发展"尚有一段距离。

在创造机遇、抓住机遇、利用机遇等方面，日照比连云港更有远虑。日照港积极争取多方合作，大大缓解了资金的不足；与中石化合建30万吨级原油码头，把临港工业作为实现跨越式发展的突破口和着力点，招引和培育了一批临港工业大项目，而这些正是连云港缺乏的。

2005年春节后，连云港行政中心终于向东挪了5公里，而随着西部大开发、江苏"振兴苏北"战略的实施，机遇再次降临连云港，已经错过两次机遇的连云港这次能抓住机遇吗？

2005年，时任南京市委常委、江宁区委书记的王建华跨江北上，进入苏北地级市的最高领导层，同时也开启了连云港新一轮的改革。

这一年，原先省直管的沿海部分地产盐田也被移交给连云港，一直以来将连云港分成两城的地理障碍终于消失了。连云港将其规划为临海产业园区，以满足大的工业项目的用地需要。

王建华上任后，制定了建设"现代化的港口工业城市、国际化的海滨城市和山海相拥的知名旅游城市"的发展战略，掀起了大发展、大建设的局面，得到了省委领导的高度评价和肯定。

2007年元旦，温家宝视察连云港，把连云港放在国家发展战略的层面重新定位，要求连云港尽快建设成为我国沟通东西、连接南北的一个重要经济纽带。在这些新的机遇前，连云港人感觉到了前所未有的压力。

连云港市政府一位官员说："以前连我们自己都对连云港失望了。但现在连云港的变化真的很大，开发区扩大到100多平方公里，去年一年的基础设施投入就相当于建区前22年的总和。"

2007年，连云港在全国53个经济技术开发区中，排名第23位，3年升了9位。

连云港成为经济技术开发区的后起之秀。

北海以港口模式进行建设

1990年11月22日,时任中共中央总书记的江泽民在温家宝等陪同下来到北海,视察了部分工厂、港口码头、旅游区和驻军官兵。

在听取了北海市党政领导的汇报后,江泽民指出:

> 概括起来,你们是后起之秀,前途无量。我还有一句话:"千里之行,始于足下",还要扎扎实实做好工作。你们的前景很不错,但中期规划很重要,一定要把规划搞好,抓好基础设施建设,充分发挥北海的优势,促进广西以至西南地区经济的发展。

北海背靠大西南,毗邻港澳台,面向东南亚,是中国大陆走向东南亚和欧洲的最近口岸,独特的地理位置和区位优势使北海早在2000多年前的秦末汉初,就成为闻名于世的"海上丝绸之路"的始发港之一。

1876年,《中英烟台条约》又将北海辟为对外通商口岸,北海一度成为中国南方重要的对外贸易港口之一。但是,由于地处战争和海防前线,北海也失去了一次又一次的发展机遇。

在改革开放前，北海的发展极其缓慢，经济基础相当薄弱，现代工业几近于零。

1983年全市工农业总产值仅为2.09亿元，不足近邻广东的一个乡镇，仅仅是一座人口不过10万、城区面积不到10平方公里的边陲小城。

随着改革开放的深入，加快西南地区外向型经济的发展和环北部湾地区的开放开发成为中国开放战略的必然选择，北海历史性地被推向了中国对外开放的前沿。

1984年，党中央、国务院决定进一步开放14个沿海港口城市，北海的历史从此翻开了新的一页，经济和社会步入了快速发展的轨道。

1984年4月22日，广西壮族自治区党委召开关于建设北海市经济开发区的专题会议，决定把北海建设成为广西"技术的窗口、管理的窗口、知识的窗口、对外开放的窗口"，并成立开发北海经济区办公室，在自治区党委领导下负责各项开发工作。

同年11月27日，国务院批复广西壮族自治区关于《开发建设北海市、防城港的规划报告》。

批复中阐明了开放北海的重要意义，明确了北海的发展方向：

> 北海市（包括防城港区）的进一步对外开放，对于加速广西以至大西南的经济开发，增强民族团结，都具有重要意义。

虽未批复在北海建立经济技术开发区，但规定了北海市全市范围内的外商投资企业不论是生产性还是非生产性的，在合同有效期内，企业所得税一律减15%征收。

同时，中央考虑到北海基础差、底子薄，给予了北海比其他沿海开放城市更特殊的政策支持。

1986年2月14日到16日，时任中共中央总书记的胡耀邦在中共中央委员、前自治区党委书记乔晓光和自治区主席韦纯束等领导的陪同下到北海市视察。

胡耀邦在北海期间，听取了时任北海市委书记王庆录、市长梁自卫等领导关于北海开发建设情况的汇报。

胡耀邦察看了正在加紧施工的北海新市区的建筑群，北海港万吨级码头工地，防城海港港区工地和规划中的海滨浴场等，并挥笔题写了"北海港"三个苍劲有力的大字。

胡耀邦详细询问了北海市从1984年4月开放以来的生产和建设情况，称赞北海市的发展是比较顺利的。

同时，胡耀邦就北海开发建设的指导方针和指导方向等问题作了重要指示，提出了要以港口城市模式建设。

胡耀邦说：

> 北海市不同于沿海其他开放城市的最大特点是，它是广西和我国大西南腹地四川、云南、贵州与海外联系的通道。北海港、防城港两个港两三年内货物吞吐能力将达到几百万吨，北

海市的工作要首先考虑怎样为港口服务得好，要围绕着港口的需要建立运输、仓储、贸易、包装加工和其他第三产业等方面的设施。这是涉及广西和我国西南地区经济效益、社会效益的一个大课题。这项工作做好了，将会刺激我国西南地区经济的发展。北海市有许多外地外省所不及的特殊资源，可通过"外引内联"，进一步开发。

从1984年以来，北海市历届党委、政府坚定不移地实施开放带动战略，坚持"建设出海通道、服务西南经济"的发展方向，致力于出海通道和城市基础设施的建设，先后共筹集资金70多亿元进行基础设施建设。

北海相继建成了4个万吨级深水海港泊位、全天候中型机场、钦州至北海铁路、南宁至北海高速公路，建设了一批现代化通信设施和供电、供水、环保等城市公共设施，构筑了初步现代化的海陆空立体交通网络，进入了中国城市投资硬环境四十优行列，成为西南地区唯一既通铁路、高速公路又有机场和深水海港的城市。

1992年，党中央、国务院进一步作出了"要发挥广西作为西南地区出海通道作用"的战略决策，国务院在北海召开西南、华南部分地区区域规划会议，明确提出把北海市建设成为西南出海大通道主要出海口，这为北海的开放开发和加快发展提供了历史性的机遇。

在邓小平视察南方谈话精神的鼓舞下，北海市解放思想，抓住机遇，充分发挥区位和地缘优势，引鸟筑巢，联内引外，推进区域经济协作，将土地推向市场，实行土地成片开发，吸引了国内外大批资金、人才共同开发建设北海。

全国30个省、市、自治区，4600家内联企业，300多家外资企业相继抢滩北海，投资总额逾300亿元，四川、贵州、云南、湖南等内陆省纷纷在北海建立开发区"借船出海"，积极参与出海通道建设。

北海迅速成为海内外投资者关注和投资的热点，掀起了对外开放和开发建设的高潮，实现了历史性的跨越式发展，综合经济实力显著增强。

进入21世纪以来，北海市进一步确立了坚持通过发展来解决遗留问题，通过解决遗留问题来推动发展的新思路，坚定不移地培育和做大做强旅游、高新技术、海洋产业和现代化农业等四大支柱产业，积极盘活积压房地产，大力发展园区经济，努力改善投资环境等，推动国民经济进入了加快发展的新阶段，出现了新一轮大发展的新态势。

2001年8月，北海市委、市政府决定成立北海市工业园区。

2003年3月，北海市工业园区被批准为省级开发区，并列入重点扶持经济园区行列。

2005年12月8日，北海市工业园区成为全国第一批通过国家审核的省级开发区。

三、加速发展

- 滨海新区的战略布局引起了江泽民浓厚的兴趣,特别是在塘沽区、开发区实地考察时,江泽民笑容满面,频频点头。

- 开发区管委会的工作人员立刻就拿出正在施工的开发区大剧院的图纸,向美方详细介绍了剧院的功能与水平。美方在认真地了解了大剧院的情况后,不禁竖起了大拇指。

- 江泽民强调:"滨海新区的战略布局思路很正确,把工业集中在这样一个新区,以战略和长远的构思发展新区,肯定大有希望。"

天津加快建设滨海新区

1994年3月,时任天津市市长的张立昌代表市委、市政府在天津市第十二届人民代表大会第二次会议上郑重宣布:

用10年左右时间,基本建成滨海新区。

张立昌的建议,得到了全体与会代表的一致通过。

同月,张立昌在天津市第十二届人民代表大会第二次会议所作的政府工作报告中,进一步阐明了滨海新区建设目标:

要经过10年左右的开发建设,使新区国民生产总值和出口创汇都占到全市的40%以上,随着这一目标的逐步实现,就可以为老企业创造休养生息、焕发青春的条件;就可以形成以老城区支持新区,以新区带动老城区,新老并举,共同发展的局面。

10年基本建成滨海新区,是天津市委、市政府作出的一项重大战略部署,是我们赢得竞争主动权的制胜一招。

事实上，早在1985年，在天津市第十届人民代表大会第三次会议上，李瑞环就提出了"一条扁担挑两头"的构想，即"整个城市以海河为轴线，改造老市区，作为全市的中心，工业发展重点东移，大力发展滨海地区"，并"开辟海河下游新工业区"，"建设发展滨海新区"。

在此基础上形成的《天津城市总体规划方案》，于1986年8月4日获国务院原则批准。国务院还作了8点批复，强调天津市工业发展的重点要东移，要大力发展滨海地区，逐步形成以海河为轴线，市区为中心，市区和滨海地区为主体的发展格局。

1993年，新一届政府上任伊始，就对滨海新区予以极大的关注。

在市政府研究滨海地区总体发展规划的会议上，张立昌就提出了力争10年把滨海新区建成以高科技、外向型为主导，重化工为基础，商贸金融协调发展的综合性新经济区。

1993年10月25日，市政府研究滨海地区总体发展规划。

张立昌在会上强调：

> 必须以新的思路、新的招法加快形成新的最大的经济增长点。力争10年左右，把滨海新

区建成以高科技、外向型为主导，重化工为基础，商贸金融协调发展的综合性新经济区。

1993年12月7日，张立昌在韩国举行的"天津在韩国投资环境说明会"上说："今年7月，本届市政府组成后，我带领全体副市长首先召开了外商投资企业外方经理座谈会，认真听取了在天津投资的各国朋友的意见。我签发了本届市政府发布的第一号令，即《天津市提高外商投资企业审批工作效率的若干规定》。"

1994年2月12日，市政府成立实现四项目标领导小组及第一、二、三、四分组，第四分组又称天津市滨海新区领导小组，组长李盛霖，常务副组长叶迪生，副组长王德惠、辛鸿铎。

2月16日，滨海新区领导小组召开第一次全体会议，会上成立了滨海新区领导小组办公室，会议部署了滨海新区有关规划编制任务。

3月2日，天津市第十二届人民代表大会第二次会议通过了"三五八十"4项阶段性奋斗目标，确立了用10年左右的时间基本建成滨海新区的跨世纪发展战略。

天津建设滨海新区堪称天津市委、市政府改革开放、跨越式发展浓墨重彩的一笔。

犹如天津开发区当年在盐碱滩上起步时，一些人不免有所疑虑一样，一开始也有人对滨海新区的设想感到困惑。

但两年过去后，人们看到，在这片盐碱滩上竖起了一道亮丽的风景线。

到 1995 年底，滨海新区建成面积近 125 平方公里，累计签约"三资"企业达 6112 家，占全市的 65%，当年国内生产总值达 41.6 亿元，占全市的 26.3%；口岸进出口总值 217 亿美元，约占全国的十三分之一。名副其实地成为天津的"摇钱树"和新的经济增长点。

更为引人注目的是，全球 100 家大型跨国公司有 60 家来滨海新区投资。美国摩托罗拉已投资 10 亿美元，1995 年创下销售收入 74 亿元人民币、出口额 3000 多万美元的佳绩。

到 1999 年，经过 5 年的开发建设，滨海新区已经成为天津市最大的经济增长点。

1999 年 9 月，市委书记张立昌在开发区、保税区调研时强调："面对激烈的市场竞争，我们必须以创新的精神，千方百计做好开放这篇大文章。"

1999 年 10 月，江泽民第三次来天津考察。

滨海新区的战略布局引起了江泽民浓厚的兴趣，特别是在塘沽区、开发区实地考察时，江泽民笑容满面，频频点头。

江泽民强调：

> 滨海新区的战略布局思路很正确，把工业集中在这样一个新区，以战略和长远的构思发

展新区，肯定大有希望。

2000年初，天津市政府提出，努力把塘沽建设成为高度开放的现代化港口城市标志区、滨海新区综合服务功能区、外向型经济和新兴产业聚集区。

天津滨海新区的跨越式发展是经济的跨越式发展，是城市空间的跨越式发展，同时也是城市文化的跨越式发展。

2000年9月8日，天津市委、市政府对滨海新区管理体制进行了重大调整，决定组建市委滨海新区工委和滨海新区管委会，分别作为市委、市政府的派出机构。

这为进一步理顺关系、统一步调，充分发挥新区组合优势，奠定了良好的组织基础。

2005年10月1日，胡锦涛到天津来视察。

胡锦涛这次轻车简行，只带了中共中央政治局候补委员、中央书记处书记、中央办公厅主任王刚随行。

在时任天津市委书记张立昌和市长戴相龙等陪同下，胡锦涛先后到天津钢管集团有限公司、中新药业现代中药产业园、天津港五洲国际集装箱码头有限公司等单位，慰问了生产一线的干部职工，对他们在节日期间坚守工作岗位给予赞扬，并祝他们节日愉快。

胡锦涛十分关心天津滨海新区的发展，在听取开发建设情况汇报后，对滨海新区取得的发展成就给予肯定。

胡锦涛说："经过十几年的开发，你们已经把当初的这样一个盐碱荒滩，建设成了一个初具规模的滨海新区，尤其是现代制造业和高新技术产业发展迅速。现在滨海新区已经是天津最大的经济增长点，对于推动天津乃至环渤海地区的发展都发挥了重要的作用。我为同志们取得的成就感到高兴。"

胡锦涛指出：

> 为了实现全面建设小康社会的宏伟目标，必须统筹区域发展。要推动全国一些条件较好的地区加快发展，以带动区域发展，这个意义是深远的。
>
> 党的十六届五中全会即将召开。当前我们国家发展的形势很好，这种形势为滨海新区的发展创造了良好的环境和条件。天津滨海新区处于环渤海地区的中心地带，又是联系南北、沟通东西的一个重要枢纽，是我们国家对外开放的一个重要通道，综合优势突出，发展潜力巨大。

胡锦涛说："因此，我希望同志们一定要牢牢把握难得的发展机遇，坚持把科学发展观落实到开发建设的整个过程和各个方面，不断增强创新能力、服务能力和国际竞争力，把滨海新区建设成为依托京津冀、服务环渤海、辐射'三北'、面向东北亚的现代化新区。"

胡锦涛对天津滨海新区的工作提了几条具体要求：

一是要进一步做好规划工作，科学确定功能定位、产业布局、交通体系和综合配套措施……

二是要进一步调整经济结构、转变经济增长方式……

三是进一步增强自主创新能力。加速科技成果向现实生产力转化……

四是要进一步加大节约资源和保护环境的工作力度……

五是要进一步推进改革开放，创新体制机制……

在天津的史志上，2006年必将成为一个历史新篇章的开始。

4月26日，国务院常务会议决定批准天津滨海新区进行综合配套改革试点，继上年上海浦东新区获批后，天津成为我国第二个综合配套改革试点区。

6月5日，《国务院关于推进天津滨海新区开发开放有关问题的意见》出台，这是在国家批准天津滨海新区成为"综合改革试验区"之后的首个细则性文件。

一直参与滨海新区发展政策制定的国家发改委国土开发与地区经济研究所副所长肖金成表示，这个"意见"

是比照"浦东模式"推出的,"意见"将原则、定位、任务都说得比较明确,政策力度很大。

"意见"明确提出"鼓励天津滨海新区进行金融改革和创新",并提出"可在产业投资基金、创业风险投资、金融业综合经营、多种所有制金融企业、外汇管理政策、离岸金融业务等方面进行改革试验"。

拥有综合配套改革试点的政策优势,滨海新区作为天津未来发展的新引擎,带领天津成为名副其实的"北方经济中心",并使天津成为全国第三个拉动区域经济发展的龙头型城市。

广州加快实施二次创业

1995年11月,国务院特区办在广州开发区召开沿海14个经济技术开发区工作座谈会,交流和研究各开发区进行第二次创业的思路,掀开了全国经济技术开发区第二次创业的序幕。

1997年,"十五大"要求经济特区要在体制创新、产业升级、扩大开放等方面继续走在全国前列,当好改革开放的排头兵。

借这一契机,广州开发区研究制定了《第二次创业发展纲要》,确定了致力于实现由经济开发向技术开发的转变,大力发展科学技术。通过发展科学技术,改善产业结构、产品结构,扩大产出规模,实现产业升级的发展战略。

区域环境建设是开发区实现二次创业的基础和重要载体,广州开发区继续加大区域开发力度,提升区域环境水平,新区建设取得了重大的突破。

按照二次创业的发展纲要要求,广州开发区加大对高新技术项目的扶持力度,制定了一系列扶持政策,管好、用好、鼓励和支持高新技术发展的科技资金和基金,构筑良好的科技创新支撑体系。

1998年,广州开发区与广州高新区合署办公,两区进入了资源共享、功能整合、优势互补、共同发展的新局面。

当年，广州开发区召开了"科技发展思路研讨会"，制定了《广州经济技术开发区、广州高新技术产业开发区科技发展纲要》，明确提出了"科技强区"的指导思想，有力地促进了两区高新技术产业的发展。

当年底，广州科学城奠基，由广州开发区负责统一开发管理。

与此同时，广州开发区不断推动体制改革和创新，实施新一轮的国有企业改革，出台了《广州开发区关于进一步推进国有企业改革的意见》《广州开发区国有企业上缴利润管理办法》等9份国有企业改革文件，采取给资本、给资金、给资产、给政策、给责任、给服务的"六给"政策推动国有企业发展，取得了初步成效。

2000年，广州开发区当年实现工业总产值（现价）338.9亿元，比1999年增长36.28%，占广州市工业总产值的10.97%。

2001年以后，广州开发区在前十几年发展的基础上，提出了"建设新城区，争当排头兵"的目标，进入到跨越式发展的阶段。

在这一发展阶段，广州开发区紧紧抓住经济全球化和中国入世所带来的外商对华投资和产业转移热潮，营造了承接国际产业转移的良好环境和平台。

2003年，为加快实施广州城市发展"东进"战略，发挥开发区的辐射带动作用，统筹城乡发展，广州市委、市政府决定将开发区周边原属白云区的萝岗街、原属黄埔区的笔岗村、原属天河区的玉树村、原属白云区的岭头农工商联合公司、原属广州市农工商集团的黄陂农工商联合公司委托开发区管理。

自此，广州开发区的实际行政管辖和委托管辖面积由原来的30多平方公里扩大到215.5平方公里。

随着全球新一轮产业结构调整浪潮的汹涌而至，开发区的决策者考虑如何转变经济增长方式，让区内有限的土地从收"豆"变为产"金"，他们提出了每平方公里工业用地力争达到100亿元工业产值的构想。

2003年，广州开发区工业用地平均每平方公里工业产值达到42.66亿元，而首期开发的广州经济技术开发区西区每平方公里工业产值已超100亿元。

围绕这一"产金"目标，广州开发区严控土地供应，提高土地集约化水平。

一方面设置准入条件，保证引进项目的质量。规定进入工业园的项目必须是科技含量比较高、投资规模大、经济效益好、污染程度低的项目。对建区初期引进的一些低值企业通过法律、行政以及经济补偿的方式转移出去，把土地腾出来给高技术、高附加值的企业，同时实行供地量与投资额、产出效益挂钩。

在用好管好土地的同时，该区实施大项目带动战略，发挥产业的集聚效应，重点扶持高新技术产业和机械装备工业。

到 2004 年为止,广州开发区经认定的高新技术企业 60 家,先进技术企业 56 家。2003 年,全区高新技术企业和先进技术企业产值 453.13 亿元,占工业总产值的 50.58%。

2004 年以来,广州开发区的重工业增长比重首次超过了轻工业,区内还呈现出投资项目链条化、集约化不断增强的趋势,形成了一批投资项目族团,如"松下万宝族团""宝洁族团""安利族团""本田族团"等,成为区域经济增长的主要推动器。

大连实现从乡村到城市

2007年3月26日,经过长达3年的谈判,大连终于使得美国英特尔芯片落户大连开发区,此举甚至改变了整个亚洲的IT格局。

经过多年艰苦卓绝的奋斗,大连开发区实现了"从乡村到城市"的巨变,同时也让每一位开发区人都实实在在地享受到了经济发展与改革开放的成果。

金石滩街道葡萄沟村的农民唐立良,从前一家4口人挤在两间小平房里,主要经济来源就是自家的5亩地上种的玉米。

2007年春节,唐立良夫妇不仅搬进了崭新的楼房过大年,还享受到了"低保"。

2005年至2006年,大连开发区动迁农民总量达两万户,超过大连开发区此前建设20多年的总和。

与此同时,《大连开发区被征地人员社会保障办法》《大连开发区城镇居民基本医疗保险制度》以及大连开发区农民新型合作医疗等制度的相继实施,使大连开发区全方位的社会保障体系日益完善。

如今,开发区全部失地失海人员直接与城市居民接轨,不需缴纳一分钱,在达到法定退休年龄后就能享受到养老保险、医疗保险和生活补助,彻底免除失地失海的后顾之忧；而对于没有被征地变为市民的农民，大连开发区全面推行农村地区低保，保障水平远远高于其他地区。

由于农民新型合作医疗的实施，开发区基本实现了医疗保险全覆盖，农民也可以享受到和城镇职工一样的住院补偿和大病救助，医疗负担大大减轻，因病致贫、因病返贫的情况也得到有效缓解，"小病扛着，大病躺着"的状况彻底改观。

2007年，大连开发区城市职工和农民人均年收入分别达到2.52万元、9000元，老百姓真正因大连开发区的经济飞速发展而受益。

在开发区金马路中段，集大剧院、图书馆、规划展览馆于一体的开发区文化广场，成为开发区新城区建设的新地标。

投资6亿元、总建筑面积2.9万平方米的开发区大剧院，是大连市50年来投资最大的文化艺术设施，舞台总面积1800平方米，乐池面积88平方米，各项设施均达到国际标准。

总建筑面积2.7万平方米、设计藏书容量130万册的开发区图书馆，设有报刊阅览区、青少年服务区、综合图书借阅区、电子阅览区和多媒体阅览区等多个功能区，阅览座席1300个，环境设施达到省级图书馆水平；建筑面积1.26万平方米、展区面积8800平方米的规划展览馆集宣传、教育、接待、观光、交流等功能于一体，是全国开发区中规模最大的城市展览馆。

同时，开发区几乎每个社区都建有自己的文化活动室和居民学校，村村有党员标准化活动室，老年模特队、秧歌队、合唱队、舞蹈队、健身队常年活跃在基层；邻里节、联谊会、联欢会等拉近了外来人口、外籍人士和本地居民之间的感情；外企纳凉会、忘年会、文化周实现了中西文化的对接。高品质的文化生活成为开发区人日常生活不可分割的一部分。

一则真实发生过的小小"趣闻"，从一个侧面证明了开发区建设的成就。

在举世瞩目的英特尔项目落户大连的前期考察过程中，美方专门提出了一个问题，那就是企业的高管们习惯于经常听音乐会，他们想了解大连有没有类似的演出和正规的场所。

当时，开发区管委会的工作人员立刻就拿出正在施工的开发区大剧院的图纸，向美方详细介绍了剧院的功能与水平。美方在认真地了解了大剧院的情况后，不禁竖起了大拇指。

事后人们戏言："英特尔落户大连，开发区大剧院也是'功臣'之一呢。"

2008年，依据大连城市发展总体规划，大连开发区确定了发展小窑湾的开发战略。

2008年12月31日，伴随着小窑湾国际商务区的奠基，昔日清冷寂寥的小窑湾开始走进人们的视线，成为开发区人经济生活中的热门话题。

大连开发区也由此开始了新起点上的二次创业。

小窑湾位于大连北部，是通往东北地区的门户。

1990年，大连市政府在《大连市城市总体规划》中首次提出小窑湾公共中心区的概念。在随后编制的《大连市城市总体规划（2000—2020）》中，正式确定了未来大连城市空间拓展"西拓北进"的战略目标。

1996年，大连市政府批准了调整后的小窑湾公共中心区规划。

2007年，开发区依据城市发展总体规划，确定了发展小窑湾的开发战略，小窑湾的发展建设进入实施阶段。

2008年12月31日，大连开发区小窑湾彩旗飘扬，锣鼓喧天，小窑湾国际商务区奠基典礼在这里隆重举行。

省市领导张成寅、夏德仁、戴玉林、孙世超、姚家凯、钱忠杰、张荣杰、张世坤；省市老领导崔荣汉、毕锡桢、魏富海、卞国胜、李永金、林庆民出席了启动仪式。

2009年6月12日，专程到大连开发区小窑湾施工现场视察的大连市委副书记、代市长李万才对小窑湾的开发建设给予了高度评价：

> 把小窑湾建设成为完善大连国际航运中心功能、实现国际化城市与现代产业良性互动的重要区域，在实现开发区新一轮大发展的同时，再创佳绩，再做龙头，拉动大连市经济在新的起点上又好又快地发展。

秦皇岛开发区第二次扩区

在"九五"期间,秦皇岛开发区进行"二次创业",启动三期建设,实际利用外资达到4.82亿美元,经济发展不断提速。

2000年10月,为推进全市对外开放工作,秦皇岛市委、市政府决定由秦皇岛开发区对原山海关开发区实行统一管理。

东西两区统管后,优势互补,迅速掀起了新一轮发展高潮。

金海粮油、哈动力出海口基地、万基钢管等一批对全市经济有着重大带动作用的项目在短时间内相继落户,开发区发展的实力和潜力明显增强,并呈现出加速发展的态势。

开发区项目引进与用地紧张的矛盾已日益显现。

是满足于现有的经济水平小富即安,还是扩大发展以拉动全市经济的提升?

开发区工委、管委领导高屋建瓴,向市委、市政府提交了《市开发区扩大区域范围方案》。

2002年10月16日,是秦皇岛开发区历史上一个重要的日子。

市委书记王建忠主持召开市党政联席会议。

市长菅瑞亭，市委副书记周卫东、张树仁、谌曙光等领导与市国土、规划、财政等各局以及抚宁县、海港区政府的负责人专题研究秦皇岛开发区扩区有关问题。

会议决定：

> 扩大开发区区域范围，以切实发挥开发区作为全市对外开放的龙头带动作用，加快开发区的开发建设步伐。

同年10月18日至22日，社会发展局的有关人员三赴新区13个村，就各村经济、民风、学校、文化市场、医疗机构设置等情况进行了全方位的考察。

10月31日，市长菅瑞亭主持召开开发区扩区工作领导小组第一次会议。研究决定将原属抚宁县、海港区的深河、邢庄等13个村，约26平方公里的土地，整体划入开发区，并命名为开发区新区。

11月3日，工委书记杨泰安、管委副主任田凤钧深入新区13个村，熟悉各村基本情况。

11月4日，以胡英杰任组长，工委副书记宋兰香、管委副主任田凤钧、总会计师刘晓毅、管委副主任彭云任副组长，管委办公室、社会发展局、劳动人事局、建设规划局、公安分局等各相关部门负责人为成员，成立了开发区扩区工作领导小组。

社会发展局局长曹成立任扩区领导小组办公室主任，

下设新区管理处,负责扩区接收及13个村的日常管理工作。

自此,开发区第二次扩区拉开了帷幕。

第一次扩区至今,开发区已走过了10年的发展历程。

当年奋战在扩区第一线的管委主任胡英杰等领导为了新区13个村人民群众的幸福生活,为了完成开发区新时期的历史任务,为了全面建设小康社会这一宏伟目标,带领社会发展局干部员工义不容辞地冲上了二次扩区第一线。

扩区牵动着工委、管委领导的心,也在社会发展局干部员工的心头涌动着神圣的使命感和责任感。

与工委、管委保持一致,理解和支持开发建设工作,这将是开发区二次扩区后一个时期农村工作的重点和难点。

据初步了解,新区各村村情复杂。个别村两委班子不健全;有的村两委干部不团结,干群关系紧张;部分学校房屋简陋;有大量群众听信误传,以为建房就能补钱、栽树就能得利,以致新区各村家家建房,遍地栽树……

针对这些问题,秦皇岛开发区及时调整工作思路和部署。工委书记杨泰安、管委副主任田凤钧、总会计师刘晓毅等听取各组情况汇报,调查研究,为各组鼓劲。

11月8日,开发区召开了新区农村两委干部第一次会议。新区13个村的党支部书记、村主任参加了会议。

这次会议使新区的农村干部对开发区有了一个初步的了解和认识。开发区以经济建设为中心的发展模式也在他们心里留下了深深的烙印。

11月22日至28日，工委、管委举办了为期一周的新区农村两委班子成员培训班。

胡英杰、宋兰香、田凤钧、刘晓毅及扩区工作领导小组各位成员出席了培训大会。

新区13个村全体党员、两委干部及社会发展全体同志共计400余人，听取了胡英杰的培训动员讲话。

胡英杰再次提起10年前对原六村的干部讲过的话：

> 党员干部从入党宣誓的那天起，就要做好为工作、为群众吃亏的准备。没有思想觉悟，我们何必入党？
>
> …………
>
> 开发区经济发展的根本目的，是为了提高区内全体人民群众的物质文化生活水平。

这铿锵有力的话语震撼着在场每一个人的心。

培训班期间，正值党的"十六大"刚刚胜利闭幕。工委书记杨泰安为全体学员作"十六大"精神辅导报告。

建设规划局、劳动人事、局检察院、公安分局及社会发展局新区管理处等部门的负责人分别为全体学员讲授了土地、占地安置补偿、农村劳动力就业、社会治安综合治理以及预防职务犯罪等开发区各项政策、法律、法规，并进行现场答疑。

原六村的两委干部代表畅谈规划开发区后的切身体会。观摩了东、西区农村工作、生活现状，参观了区容区貌及企业发展情况。

在7天的培训过程中，63名学员克服了家庭、工作等各方面的困难，坚持学习，认真讨论，真正做到了思想统一、步调一致，培训工作基本达到了初衷和目的。

在培训班结业大会上，举行了庄重的授章仪式。

社会发展局党委书记、局长曹成立将各村党支部、村委会新印章交到各位村书记、主任手中。

一个个印章并不沉重，但交到新区村干部的手里却是沉甸甸的。因为那是一份权力，是一份责任，更是开发区工委、管委对新区的13个农村基层政权实行统一管理的象征。

培训对新区广大村干部真正起到了震动和鼓舞的作用。工委、管委要求各村："坚持坐班。让群众办事能找着村干部，让工委管委安排工作能找得着村干部；要从改善干部自身形象做起，从改善村委会办公环境做起。"

按照这一要求，13个村的村干部整理、清扫曾经堆满栏草、废物的村委会，制定各种规章制度，新区各村的群众都欣喜地看到了划归开发区后的变化。

开发区第二次扩区工作迈出了稳健的可喜的第一步。

2005年9月11日，商务部、国土资源部、建设部正式复函河北省政府，同意秦皇岛开发区扩区16.08平方公里。

历经多年积淀，特别是"十五"期间的跨越式发展，开发区谋求大发展、率先发展的新的宏伟乐章正式奏响，一幅辽阔而壮美的新画卷在开发区的前方豁然铺开，并向远方延伸，展示出美丽的远景。

烟台开发区加快项目引进

烟台开发区从建区伊始,开发区的决策者们就意识到,项目是开发区建设的生命线,项目引进的数量和质量,在很大程度上决定着开发区建设的速度和水平。

20年来,烟台开发区围绕招商引资工作,不断拓宽发展新思路,大胆调整开放战略,为开发区实现跨越式发展奠定了坚实的基础。

烟台开发区在科学分析把握外商在华投资趋势和特点的基础上,提出了"巩固港台,强化日韩,拓展欧美"的招商引资思路。

对东南亚等国家和地区的投资商,继续发挥联系多、基础好的优势,鼓励外商扩大投资,吸引伙伴投资;对日、韩两个一衣带水的国家,紧紧抓住其产业转移和建设胶东半岛制造业基地的机遇,采取设立海外专业招商处、高层互访等形式,加深彼此的了解和沟通;对欧美国家和地区,一改过去"漫天撒网"的做法,以美国、德国为突破口,逐渐拓展到北美、北欧、中欧、环太平洋的重点国家和地区,集中力量打攻坚战。

为了提高项目引进的层次,开发区对世界500强企业、跨国大公司以及国内500强企业建立了招商档案,选择重点逐一研究,制定有针对性的招商专案。对于高新技术产业、能够形成产业规模、辐射带动力强及出口创汇能力高的项目，开辟"绿色通道"，促使它们早注册、早建设、早受益。

20年来，先后有26家世界500强企业在开发区扎根发芽、开花结果。截至2004年9月底，开发区20年累计引进外商投资项目818个，投资总额46.4亿美元。其中投资额在1000万美元以上的项目112个。

作为一个位于地级城市的经济技术开发区，敢于公开瞄准大城市开发区，叫板"国家级开发区十强"，在一些人看来似乎是不可能的。但烟台开发区经过20年的努力拼搏，却将这一目标变成了现实：2000年，烟台开发区经济实力在49个国家级开发区中还排在13位，到2002年，一举超过5个国家级开发区，跻身八强。据商务部公布的2003年49个国家级开发区综合评价，烟台开发区列第七位。

"这是自我加压的结果，"市委常委、开发区工委书记、管委主任王秀臣深有感触地说，"从纵向比较，开发区从20世纪80年代建区，经过几代人的努力，在昔日的荒滩上建起了一座初具规模的工业新城，这确实是个了不起的成就。但与天津、青岛、大连开发区相比，我们差距很大，必须奋力追赶。"

"自我压担子"促进了开发区经济总量翻番增长，尤为明显的是，生产总值在2000年实现45亿元的基础上，2003年达到140亿元，三年累计完成300亿元，是前16

年的1.3倍；三年平均增长45.8%，比全国开发区高出16个百分点，比全市高出31个百分点。

烟台开发区经济的快速提高得益于产业结构的调整。他们紧紧抓住新一轮国际产业转移和建设半岛制造业基地的机遇，适时作出决策，由原来发展六大支柱产业调整为倾力发展机械汽车和电子信息两大龙头产业，把支柱产业做大做强，增强区域核心竞争力。

在这个思想指导下，烟台开发区重点加强了这两个领域的招商引资力度。随着通用汽车、LG手机等重量级项目的落户，以及大宇挖掘机、首钢电装、正海电子等区内原有企业的快速发展，开发区的产业优势真正形成，出现了集聚、集群效应。

在抓招商引资的同时，烟台开发区加大了原有企业的培育力度。从抓核心企业规模扩张入手，重点围绕整车及零部件、装备机械及零部件、高技术电子信息产品加工等领域，从资金、人才、政策等各个方面给予重点倾斜。

烟台开发区还在全区企业中设立了"牡丹花奖"，年度产值达到50亿元的，管委授予企业"金花奖"，一次性奖励企业法人代表50万元，奖给企业纯金奖杯一座。年度产值超过20亿元和5亿元的分别授予"银花奖"和"铜花奖"，并给予相应的物质奖励。

2002年，投资2600万美元的香港独资企业瀛海电子公司从立项到注册仅用了24小时。此事在港城引起了不小的震动。在开发区，一天时间注册一个企业早就不是什么新鲜事了。

外商为何钟爱烟台开发区呢？投资商为何能在超乎想象的时间里拿到批准证书呢？这是烟台开发区实施"优化环境兴区"战略，转变政府职能、简政放权、政务提速后出现的新气象。

为建设"阳光政府"，开发区从2001年开始探索推行ISO9000国际政府贯标体系，着手规范文件的立、改、废工作。连续几年轰轰烈烈的"环境建设年"系列活动，更对简政提速起到了推波助澜的作用。

经过前后两轮审批制度的改革，开发区建区以来的140多个规范性文件废止了80余件，砍掉了64%的审批事项，清理或降低行政事业性收费75项。

另外，开发区还设立"绿色通道"和"马上办"办公室，为外来投资企业解决困难。"企业有困难，请找'马上办'"已经成为开发区的一句标志性口号。"企业优先""让投资者满意"等理念在开发区已生根发芽。

为了打造一流的投资环境，开发区还提出建设"生态型、园林式、现代化新城区"的目标。20年来，累计投入60亿元，建成并投用了一批高档次的基础设施。

基础设施配套由传统的"七通一平""九通一平"向精准化、专业化发展，成为继北京、上海之后全国第三家进行城市信息管线集约化的区域。

在不断提升硬件设施配套水平的同时，开发区更加注重人文、法治、生态等综合投资环境的建设,将"科学规划,合理开发,建设和谐高效生态城区"写入环境方针,扎实推进生态工业园建设。开发区逐渐成为"中国工业园区环境管理示范园区",并荣获"ISO14000 国家示范区"称号,成为山东省首家获此殊荣的区域。

20 年风雨,20 年奋进,20 年图强,烟台开发区走过了一段激情燃烧的岁月。

在黄海之滨,开发区那远航的风帆已经鼓满,正向着明天,劈波远航。

南通开发区创建示范区

江苏南通经济技术开发区党工委书记、管委会主任陈德新曾经自豪地说：

> 我们不仅吸引了 250 多家外商投资企业扎根南通，形成了精细化工、化学新材料等支柱产业集群，而且留住了蔚蓝的天空、清澈的湖水、清新的空气，成为苏中、苏北地区唯一获得 ISO14000（环境管理体系认证）国家示范区称号的区域。

的确，走进开发区，这里没有林立的烟囱、刺鼻的气味，包括我国最大的丁苯橡胶生产企业、全球最大的吡啶生产商在内的一大批企业，静静地坐落在这片宁静的树林中，清风吹拂、林草唱和，恰似一个工业化的世外桃源。

那还是在南通经济技术开发区招商的紧要时刻，一境外客商欲将一个上亿美元的项目迁到这里，然而环保部门发现，该项目排污不符合标准，开发区领导只好忍痛割爱。

20 多年里，如此被"环保一票否决"的项目多达数十个,投资额超过 3 亿美元。开发区人在惋惜之余,更多地想到的是对后人的责任。

除了控制污染源进入,开发区还建立了长效管理机制:对所有企业的废水、废气和噪声进行动态监测;定期检查企业环保设施;大气环境自动监测站每天进行监测、报告;设立 24 小时投诉电话……当时,开发区建设项目环评执行率和环保"三同时"执行率均达 100%。

建设国家级示范区,南通经济技术开发区不仅做得实,而且起步早。

在 20 世纪 80 年代末,这里就建成了全国开发区中第一家污水处理厂,当时引进的国际先进工艺和设备,多年后仍属国内领先水平。1997 年建立了集中供热供气的热电厂,小锅炉从此"消形遁迹"。

鉴于自身产业特点,开发区借助企业特种联合消防队的良好基础,整合消防、公安、安监、卫生等力量,在全国率先建立集环境应急反应与环境无害化控制于一体的化工重大环境安全事故应急响应机制,将事故灾害降到最低程度。

3 年间,南通经济技术开发区环保资金投入从 6538 万元上升到 2.12 亿元,区域绿化率从 35.4% 上升到 40.5%。

南通经济技术开发区申华化学工业有限公司有一条"铁规":凡进公司装卸码头者,都须先触摸一下门口的铜球。公司工环科科长陈豪介绍,这是他们自己研制的静电导除装置，用于防止带电引起爆炸。为消除一切事故隐患，该公司可谓动足脑筋：在库区，视频监视全天候工作；在码头，火警按钮、紧急冲淋器随处可见；从卸料到储罐，都配有紧急切断装置。

像这样将安全理念"武装到牙齿"的企业，在开发区还有不少。开发区管委会副主任董克新深有体会地说："企业的重视源于创建ISO14000国家示范区，所有企业都参与进来了，环境管理水平整体得到提高。"

当时，东丽酒伊、帝人公司、新福达电子、虹波重工、罗莱家纺等10多家企业通过了ISO14000环境管理体系认证，区污水处理厂、江天化学、中船机械等企业也开展了这一认证。开发区中心区域通过或实施ISO14000环境管理体系认证的企业达25%以上，预计2到3年，将超过50%。

在这里，环境管理不仅仅是政府部门和企业的必修课，而且走进了所有开发区人的课堂，中小学环境教育普及率超过90%，区实验小学还将污水处理厂作为环境教育基地，各社区也纷纷开设了环保宣传专栏。2005年，区内星湖花园被评为江苏省绿色社区。

南通经济技术开发区还积极引导企业加强产业链衔接和资源再生利用、循环利用。企业产生的废料、边角料、残次品等的再生利用，在日本已形成一种产业循环。开发区有针对性地招商，把日本关西化学这一专门从事废塑料综合回收利用的企业吸引过来，同时，区内江天化学、瑞利化学、先正达等一批企业也形成了互为上下游的产业链关系。污水处理厂的污泥循环利用体系正不断加紧构筑。美亚热电投入1.3亿元实施供热扩容工程和锅炉烟气脱硫工程，实现了固废弃物综合循环利用，极大地改善了大气环境质量。

生态平衡推动了企业的可持续发展。高标准的环保体系、每年上千万元的环保专用资金，不仅使南通先正达作物保护有限公司成为"全国环保百佳工程"，还使其成为全国除草剂产品"百草枯"的标准生产企业。

环保工作的有效推进，促进了经济总量的扩张、产品结构的优化和发展后劲的增强。

2006年，全区以惠生重工、振华港机项目为代表的海洋工程船舶装备业，以航天万源安迅能风电设备、奥地利碧路生物柴油、美国麦哲里甲醇汽油等项目为代表的新能源产业，以嘉吉粮油项目为代表的食品加工业，以薄膜型液晶显示屏项目为代表的IT产业，以百奥生物科技项目为代表的生物制药业等优势项目，都在如火如荼的建设之中，整个园区再一次呈现出翻天覆地变化的景象。

本书主要参考资料

《山东的第一批开放城市》杜朝伟著 山东人民出版社

《中国沿海开放城市：北海》段炼主编 五洲传播出版社

《中国经济特区和十四个开放城市》王文祥编著 中国展望出版社

《沿海开放城市信息化带动工业化战略》余钟夫主编 科学出版社

《蓬勃发展的开放城市》向三久 熊彩云编写 中国少年儿童出版社

《中国的开放城市》新华社中国新闻资料社编辑部编辑 新华出版社

《中国开放城市与经济特区》本书编辑委员会主编 经济科学出版社